JN110892

東京湾臨海署安積班

夏空《なつぞら》

今野 敏

角川春樹事務所

目次

装画　星野勝之
装丁　荻窪裕司

夏空

東京湾臨海署安積班

目線

1

九月の終わり、台風が通り過ぎていった。

太平洋上を通過し、首都直撃ではなかったが、それなりに風雨は激しかった。大きな被害は報道されていないが、都内でも氾濫《はんらん》危険水位を超えた川があったり、船舶や航空機の欠航が相次ぎ、新幹線を始めとする列車の乱れもあった。

今日は昨日の風雨が嘘《うそ》のように見事な秋晴れだ。

台風一過のこの日、署内でもちょっとした嵐《あらし》があったようだ。

廊下で、鑑識係長の石倉進《いしくらすすむ》警部補に会った。彼は立ち止まり、安積剛志《あずみつよし》に言った。

「聞いたか？」

「何の話です？」

「須田《すだ》だ」

「須田がどうかしましたか？」

「榊原《さかきばら》課長に叱《しか》られたらしいぞ」

係員が何か不始末をしでかした場合、係長である安積が課長に呼ばれるはずだ。課長が直接係員を叱るというのは珍しい。

「何があったんです？」

「知らんよ。聞いた話だ」

「いつのことです？」

「今朝のことらしい」

「須田に事情を聞いてみます」

「ああ、それがいい」

石倉と別れてすぐ、今度は相楽啓《さがらけい》係長に会った。

「珍しく、須田と水野《みずの》がやり合ったそうじゃないですか」

「そうなのか？」

「ご存じないんですか？」

「知らん」

「第一係のことは何でもご存じだと思っていましたが」

これは皮肉だろうかと思いながら、安積は尋ねた。

「須田と水野がやり合ったというのは、どういうことだ？」

「知りません。噂《うわさ》を聞いただけです」

こちらも噂か。

「須田が課長に何か言われたという話を聞いたが、何か知っているか？」

「知りません。そうなんですか？」

相楽はちょっとうれしそうな顔になった。

東京湾臨海《りんかい》署刑事組対課の強行犯係には、第一と第二がある。第一の係長が安積で、第二の係長が相楽だ。

相楽は、安積に並々ならぬライバル心を抱いている。第一係、通称安積班に何かトラブルがあることがうれしいのかもしれない。

「そういう噂があるようだ」

「自分は何も知りません」

これ以上話をして、藪蛇《やぶへび》になるのもつまらない。安積は会話を切り上げることにした。

強行犯第一係に戻ったが、須田の姿も水野の姿もなかった。

須田とペアを組んでいる黒木《くろき》が残っていた。安積は黒木に尋ねた。

「須田はどこだ?」

「外回りです」

「いっしょじゃないのか?」

「今日は別行動です」

黒木は余計なことは一切言わない。普段はそれが好ましく思えるが、こういうときは少々歯がゆく感じられる。

安積は次に村雨《むらさめ》に尋ねた。

「水野はどうした?」

「やはり外回りだと思います」

「二人のことで、何か聞いているか?」

「須田と水野のことですか?」

「そうだ」

黒木と桜井《さくらい》が、こちらを見ないようにしているのがわかる。だが、二人とも耳をそばだてているはずだ。

村雨がこたえた。

「いいえ、聞いていません」

村雨も黒木同様に余計なことは言わない。

「須田と水野がやり合ったと、相楽が言っていた」

「そうなんですか?」

「須田が課長に叱られたという噂もあるようだ」

「どちらの話も、私は知りません」

知っていて隠すようなやつではない。村雨は本当に何も知らないのだろう。

やはり、須田に直接訊《き》くしかないか。安積がそう思ったとき、無線が流れた。

本所《ほんじょ》署管内で、遺体が発見されたという。すぐに、榊原刑事組対課長からお呼びがかかった。

課長席を訪ねると、安積は言われた。

「安積班、行ってくれ」

「無線では、本所署管内と言っていましたが……」

「うちの管轄なんだよ。遺体が隅田川《すみだがわ》で発見されたんだ」

そういうことか。

安積は言った。

「了解しました。強行犯第一係、臨場します」

東京湾臨海署は、都内で唯一警備艇を持っている警察署だ。東京湾内や河川の一部が管轄となっている。

無線の担当者が、本所署管内と言ったのは、正確ではない。陸地は本所署管内だろうが、川は東京湾臨海署管内だからだ。

席に戻ると、安積は村雨に言った。

「現場に行こう」

「係長は、水上安全課に行かれてはどうですか？」

遺体が川で見つかったのだとしたら、船を出す可能性がある。

「わかった。おまえたちは陸路で臨場してくれ。須田と水野にも連絡を取ってくれ」

「了解しました」

水上安全課は、東京湾臨海署別館にある。所在地は、港区港南五丁目だ。桜井が運転する車で別館に向かった。車には村雨と黒木も同乗している。安積を降ろすと、車は、そのまま遺体発見現場に向かった。

水上安全課第一係にやってくると、吉田勇《よしだいさむ》係長が言った。

「向島《むこうじま》二丁目の件だな?」

よく日焼けした海の男の顔だ。吉田係長は「船長」というあだ名を持っている。

「船を出しますか?」

「隅田川水上派出所から、『かわせみ』が出る」

「『かわせみ』?」

「八メートルの小型船だ。川ではでかい船は無理だ」

「隅田川派出所は、東日本橋二丁目でしたね」

「ああ。車で移動するから、乗っていってくれ」

今日は贅沢《ぜいたく》な日だと安積は思った。世間が思っているより、警察署の車両は少ない。刑事が車を使えることなど珍しい。

ドラマなどで、刑事が車両で臨場するのを見るたびに、安積はうらやましいと思う。

東日本橋の水上派出所では、すでに『かわせみ』の出航準備が整っていた。操縦士は、浅井晴海《あさいはるみ》主事だ。

彼女は、海技職員なので警察官とは違った階級を持っている。吉田係長のお気に入りだ。

安積と吉田係長が乗りこむと、浅井晴海はすぐに船を出した。

快晴で風もほとんどなく、警備艇は滑らかに川面《かわも》を走る。安積は、爽快《そうかい》な気分になった。

遺体のもとに向かっているのだから、不謹慎かもしれない。だが、船のエンジン音を聞き、水のにおいを嗅《か》ぐと、心が解放されるような気がした。

「両国橋《りょうごく》だ」

エンジン音に負けまいと、吉田係長が大声で安積に告げた。

アーチ型の下部構造を持つ、大きな橋だった。その上を国道14号が通っている。橋を越えると、右手に首都高が見えてきた。6号線だ。

左側の岸には大きなマンションが建ち並んでいるのが見える。

すぐに次の橋が近づいてくる。安積は尋ねた。

「あの橋は?」

「あれは総武線の橋梁《きょうりょう》だよ」

安積は不思議な気分になってきた。聞き慣れた道や鉄道の名前だが、まったく印象が違って見える。

周囲の景色も、よく知っている東京とは思えなかった。

「次は、蔵前《くらまえ》橋だ」

これもアーチ構造を持った巨大な橋だ。その上を都道315号、通称蔵前橋通りが走っている。

安積は言った。

「なんだか東京にいる気がしません」

吉田係長は笑った。

「これが本当の東京なんだよ」

「どういうことですか？」

「江戸はね、水の町だったんだ。運河の街というとヴェニスが有名だけどね、江戸の人々もみんな舟で移動していた」

「それは聞いたことがありますが……」

「吉原《よしわら》もね、舟で行くのが表門で、陸のは裏門さ」

安積は、両岸の景色を眺めた。川から見ると、そこに江戸の町並みが見えてくるような錯覚を覚えた。

吉田係長が言った。

「現場の向島二丁目に着くまでに、厩橋《うまや》、駒形橋《こまがた》、吾妻橋《あづま》、東武伊勢崎《いせさき》線の鉄橋、そして言問橋《こととい》を通る」

そう言ってから、吉田係長が操縦席の浅井に尋ねた。「合ってるか？」

浅井は正面を向いたまま「合ってます」とこたえた。

安積は感心して言った。

「よく覚えていますね」

「俺《おれ》は船長だぞ」

「それにしても、ずいぶん橋がありますね」

「それが江戸の名残《なごり》さ」

浅井がエンジンの回転を下げた。船が減速する。

岸を見ると、パトカーや鑑識車が見えた。岸に立つ村雨の姿もあった。

「現場だな」

吉田係長が言った。「遺体は視認できるか?」

浅井が言った。

「一時の方向。二十メートル前方です」

「微速前進。現場を荒らさないように気をつけろ」

「了解」

安積も遺体を確認した。うつぶせで半ば水面下に沈んでいる。

「まだ新しい遺体のようだな」

吉田係長の言葉に、安積はうなずいた。

「そうですね。それほどガスが溜《た》まっていないようです」

腐敗して体内にガスが充満すると、遺体はぽっかりと水面に浮かぶ。そうなると、水死体はひどくやっかいなものになる。中はどろどろになり、表面は水でふやけている。触れるだけでずるりと皮膚がはがれたり、ガスのせいで破裂したりすることもある。

今回はそれほど腐敗が進んでいないということだ。

「遺体を引きあげるか?」

吉田係長に尋ねられて、安積はこたえた。

「まず、鑑識に尋ねましょう」

「石倉が来てるのか?」

「そうだと思います」

「だったら、任せよう」

浅井が船を岸に寄せたので、安積は村雨に声をかけた。

「石倉係長は来てるか?」

「はい。鑑識車の中です」

「呼んでくれ」

村雨と入れ違いで、石倉が姿を見せた。

「なんだい、係長だけ船かい」

「はい」

「途中、水上バスとか見かけたかい?」

「いいえ、見ませんでした」

「そうかい。まだ乗ったことがないんで、一回乗ってみたいと思っているんだ」

「遺体はどうしましょう」

「周囲の写真を撮るから、それが終わったら引きあげる。手を貸してくれ」

「わかりました」

吉田係長が石倉に言った。

「水上バスほど乗り心地はよくないが、帰りはこの船に乗るか?」

「そいつはいいな。じゃあ、早いところ、仕事を済ませよう」

東京湾臨海署の鑑識係、安積班、水上安全第一係で遺体を岸に上げ終えた頃《ころ》、見慣れない連中がやってきた。

本部の捜査一課かと思ったが、どうやら違うようだ。安積は声をかけた。

「本所署ですか？」

「はい。本所署強行犯係、水越《みずこし》です」

彼が係長らしい。

四人の部下を連れていた。おそらく、巡査部長と巡査あるいは巡査長のペアが二組だ。

安積は名乗ってから言った。

「河川はうちの管轄なので、鑑識をやり、遺体を引きあげましたが……」

「いやあ、助かりますよ。ドザエモンはきついから……」

彼は、ブルーシートをかけられている遺体を見下ろした。「台風が通り過ぎましたから、事故ですかね……」

すると、石倉が言った。

「後頭部に挫傷《ざしょう》と陥没がある。事故でぶつけたという可能性もないではないけど、鈍器で殴打されたんじゃないかと、俺は思うね」

水越が石倉に言った。

「鑑識さんですか？」

安積が紹介した。

「うちの鑑識係長の石倉です」

水越が再び遺体を見下ろして言う。

「だとしたら、殺しじゃないですか。いやあ、面倒なことになるなあ……。事故だといいんだけどなあ」

すると、隣にいる三十代半ばの男が言った。

「係長。よその署の人の前でそういうこと言わないでください」

やはり水越は係長のようだ。

「本音だからねえ。臨海さんだって、そう思ってるんじゃないの？　ねえ？」

安積はこたえた。

「たしかに……」

「事件性ありとなれば、本部の捜査一課に連絡しなけりゃなりませんね」

「そういうのは、うちがやります」

「あ、そうですか。助かります」

「仏さんをご覧になりますか？」

「そうさせていただきます」

水越係長はかがみ込んで合掌すると、ブルーシートをめくった。四人の部下がそれにならう。

その所作は堂に入っており、観察も的確だ。動作に迷いがなく、眼差《まなざ》しは鋭い。

口ではやる気がなさそうなことを言っているが、それに騙《だま》されてはいけないと、安積は思った。

水越係長はどうやら筋金入りの刑事らしい。

「石倉さんのおっしゃるとおり……」

水越係長が言った。「こいつは、他殺だなあ……」

安積は言った。

「では、捜査一課が臨場した後、遺体はうちの署に運びます」


電話で連絡をすると、榊原課長は言った。

「わかった。本部には連絡しておく」

須田のことを尋ねたくなったが、そんな話をしているときではない。安積は「お願いします」と言って電話を切った。

その後の捜査は、安積たちにとってはお馴染《なじ》みの流れでいわばルーティンだ。捜査一課の到着を待って、あとは彼らの指示に従えばいい。

本部の検視官が他殺と断定して、遺体を東京湾臨海署に運ぶことになった。

「本部からも鑑識が来た」

石倉が言った。「俺は用済みだ。引きあげる」

安積は言った。

「『かわせみ』で帰りますか?」

「警備艇か? そうしよう。遺体は鑑識車で運ばせる」

村雨、黒木、桜井は、来たときと同様に車で帰ることにした。

吉田係長、石倉係長とともに、『かわせみ』に乗りこもうとしていると、そこに須田と水野がやってきた。駆けてきたようで、それほど暑くない日なのに、須田はびっしょりと汗をかいている。

「すいません、係長」

須田が言った。「遅くなりました」

安積は須田と水野に言った。

「署に戻ったら、話をしよう」

「あ、はい……」

安積は警備艇に乗りこんだ。

2

石倉は、気分がよさそうだった。橋をくぐるたびに、吉田係長にその名前を確認した。それらがほとんど正解だったので、安積は驚いた。

「詳しいんですね」

「大川のことなら何でも知ってる」

「大川……?」

「隅田川のことさ。俺は三代続いたれっきとした江戸っ子だからね」

「現場に向かうときに思ったんですが、川から見ると、東京がまるで知らない町のように見えますね」

石倉は岸のほうを眺めながら言った。

「これがね、江戸の町だったんだよ」

「ええ。江戸の町並みが見えるような気がしました」

「目線なんだよ」

「目線ですか?」

「見え方を変えるにはさ、目線を変えるのが一番だ。こうしてさ、川の高さまで降りてみると、今まで見えなかったものが見えてくる。橋の下のことなんて、普段は考えたこともないだろう」

「そうですね」

「鑑識にとっちゃね、見方を変えるってのがえらく大切なことなんだよ」

「鑑識だけじゃないよ」

吉田係長が言った。「そいつは、どんなやつにだって大切なもんだ」

そのとき、浅井主事が吉田係長に尋ねた。

「どこに着けますか?」

「隅田川派出所だと署まで遠いな。青海《あおみ》に着けろ」

「了解」

警備艇『かわせみ』は青海に着岸し、安積と石倉は徒歩で東京湾臨海署まで戻った。


署に着くと、すぐに榊原課長に呼ばれた。

「他殺だって？」

「現場で検視官がそう断定しました」

「……ということは、捜査本部ができるな」

「まだその連絡はありませんか？」

「まだない。捜査本部ができたら参加してもらうから、安積班はそのつもりでいてくれ」

「了解しました」

そうこたえてから安積は、思い切って言った。

「質問してよろしいでしょうか？」

「何だ？」

「須田に何か問題があったのでしょうか？」

榊原課長は怪訝《けげん》そうな顔になった。

「なぜそんなことを訊く？」

「須田が課長に叱られたと言う者がおります」

榊原課長は目をそらして顔をしかめた。

「私は叱ってなどいない。そういうことじゃないんだ」

では、どういうことなのかと訊きたかったが、これ以上追及はできない。安積は「わかりました」と言って礼をして課長席を離れた。

自席に戻ると、係員たちが顔をそろえていた。捜査本部ができたら参加する旨を伝えてから、安積は言った。

「須田、水野。ちょっと来てくれ」

事情聴取などをするためのテーブルと椅子《いす》だけのブースがある。取調室よりも気軽に話ができるスペースだ。

安積はそこに二人を連れていった。

テーブルを挟んで彼らと向かい合うと、安積は言った。

「おまえたちがやり合っているという噂があるようだ。本当なのか？」

須田が目を丸くする。これは予想できた反応だ。

須田のリアクションはいつも大げさで、なおかつ類型的だ。

「俺と水野が喧嘩《けんか》しているってことですか？　いいえ、そんなことはありませんよ。ご心配には及びません」

「おまえが課長に叱られたという噂もある。課長に尋ねたら、そういうことではないという返事だった。実際にはどういうことなんだ？」

「それは……」

須田が言い淀《よど》んだ。

すると、水野が言った。

「私が須田君に言ったのは、そのことなんです」

須田を「須田君」と呼ぶのは水野だけだ。初任科の同期だからだ。

安積は水野に尋ねた。

「そのことというのは、何のことだ」

「須田君が課長に抗議した件です」

「抗議した……？」

「いや、俺は……」

須田が言った。「それはまずいんじゃないのかと指摘しただけで……」

「済まんが」

安積は言った。「何を言っているのかわからない。最初から順を追って話してくれるか」

須田と水野は一瞬顔を見合わせてから、考え込んだ。

彼らのどちらかが話しだすのを待っていると、ブースのドアをノックする音が聞こえた。見ると、外に桜井が立っている。

「何だ？」

安積が言うと、桜井はドアを開けた。

「本所署から連絡です。動きがあったので、来てくれないかと言っているのですが……」

「わかった」

安積はこたえた。「すぐに行く」

桜井がその場を去ると、安積は須田と水野に言った。

「戻ってからまた話を聞く」

須田が言った。

「俺たちも本所署に向かいます」

安積はうなずいた。

「村雨と連絡を取り合って、全員で来てくれ」

「了解しました」

安積はブースを出て、本所署に向かった。


「これを見てくれ」

本所署強行犯係の水越係長が、そう言ってパソコンの画面を安積たちに向けた。

スマートフォンか何かで撮影した動画のようだ。映像は粗く、画面が揺れる。

人影の後ろから別の人影が現れ、その一瞬後に、前方にいる人影が地面に崩れ落ちた。

須田が言った。

「何かで殴られたようですね」

水越係長が言った。

「バットだと思う」

「バット……？」

安積は尋ねた。「この動画はどこから入手したのですか？」

「テレビ局に持ち込まれた。金になると思ったらしい。テレビ局が通報してきた」

「えっ」

村雨が言った。「マスコミがネタを警察に提供したというのですか？」

水越係長が言った。

「報道の自由とモラルのせめぎ合いの末、通報という結果になったようだ。マスコミの良識もまだ捨てたもんじゃないと思うよ」

安積は言った。

「決定的な証拠ですね」

水越係長が言う。

「ああ。この動画を元に、被疑者を割り出せるかもしれない」

「すぐにかかります」

「本所署も手を貸すよ」

手がかりがあり、二つの署の捜査員が総出でかかったので、ほどなく被害者の身元がわかった。

氏名は門倉恭三《かどくらきょうぞう》、年齢は五十四歳。住所は向島二丁目のアパートだ。

問題のある人物で、ゴミの不法投棄や騒音で近隣の住民とトラブルが絶えなかったという。

特に彼と対立していたのが同じアパートに住む守屋良昭《もりやよしあき》、六十歳だった。事情聴取のために訪ねてみると、人着《にんちゃく》が動画に映っていた人物とよく似ている。背後からバットらしいもので前方の人物を殴打した男だ。

事情を聞くうちに、守屋は犯行を自供した。部屋を捜索したところ、金属バットが見つかった。バットはすぐに鑑識に持ち込まれ、血液を示すルミノール反応が陽性となった。守屋はそれを凶器と認めた。


東京湾臨海署に戻ると、榊原課長が安積を呼んで言った。

「捜査本部が設置されることになった。夕方にも本部の捜査員がやってくるから、安積班も詰めてくれ」

「あの……」

「何だ?」

「被疑者を確保しましたが……」

「あ……?」

榊原課長はぽかんとした顔で安積を見た。「何だって?」

安積は、本所署に呼ばれてからの経緯を報告した。話を聞き終えた課長は言った。

「スピード逮捕というわけか……」

「はい。一般人からの動画提供が決め手となりました」

金目当てでテレビ局に持ち込まれたことまでは話す必要はないだろうと、安積は思った。

とたんに榊原課長の表情は明るくなった。

所轄署にとって捜査本部は経済的にも物理的にも大きな負担になる。署の幹部は暗澹《あんたん》たる気分だったに違いない。

そこにもたらされたスピード逮捕の知らせは大きな救いになったはずだ。

「すぐに署長に知らせよう。捜査本部設置は回避できそうだと」

榊原課長が警電の受話器に手を伸ばしたので、安積は課長席のそばを離れようとした。

「あ、それからな」

課長が呼び止めたので、安積は足を止めて振り向いた。

「はい」

「須田にこう言ってくれ。別に悪気があったわけじゃないんだ、と」

「そう伝えればよろしいのですね?」

「そうだ」

「承知しました」

例のブースに須田と水野を呼び、話の続きを聞くことにした。

安積は水野に尋ねた。

「須田が課長に何かを抗議し、それが元で二人は喧嘩をしているということだな？」

「喧嘩はしていません」

水野はこたえた。「私は須田君に、課長へ意見したことは間違いだと言っただけです」

「それで、そもそも須田はどうして課長に抗議なんかしたんだ」

須田がこたえた。

「ええと……。それはですね……、どう言ったらいいか……」

「ありのままを教えてくれ」

「あ、はい。実はですね。課長のパワハラ、セクハラ疑惑に対して、そういうことはやめたほうがいいと言いました」

「セクハラだって？　何があったんだ？」

須田の話は回りくどいことが多い。刑事としては明らかに太りすぎで、行動が鈍い。だから、持って回った言い方をするのは頭の回転が鈍いからだと思われがちだ。

だが、それは須田の思慮深さの表れだと、安積は思っていた。須田ほどいろいろなことを考えている刑事はいない。

「榊原課長と警務課長がいっしょに飲みに行くことになったようなのです」

「警務課長？」

「ええ。榊原課長はその飲み会に、水野にも来るように言ったんです」

酒席に参加するように強要するのは、昨今ではパワハラだと言われるようになった。そして、対象者が女性の場合は、須田が言うようにセクハラとされることもある。

須田が言った。

「上司は、そういう行為を厳に慎まなければなりませんよね」

「だから……」

水野が言った。「パワハラだのセクハラだのは、受け取る側の問題でしょう。課長に飲みに誘われたからって、私は別にセクハラだなんて思わない」

それに対して、須田が言い返す。

「受け取る側の問題というのは、パワハラやセクハラの本質じゃないんだ。被害者がどういうふうに思おうが、組織内でそういうことが行われることを許してはいけない。それがハラスメントの本質だ」

「須田君こそ、性差別してない？」

「どうして、俺が性差別しているなんて言うんだ？」

「課長に誘われたのが私じゃなくて、黒木君や桜井君だったら、どう思う？」

「そういうこと言うのは意味ないよ。実際に誘われたのは黒木や桜井じゃなくて水野なんだから」

なるほど、こういう議論を傍《はた》から見て「やり合っている」と思われたのだろう。

この二人は同期だけあって遠慮なく意見を戦わせる。安積班の中でも彼らほどはっきりとものを言い合う者たちはいない。

水野は言い返す。

「女性だから酒宴でハラスメントを受けると考えるのは、性差別だと言われても仕方がないでしょう」

「飲むなら課長同士で飲めばいい。そこに敢《あ》えて水野を誘うというのは、つまりコンパニオン扱いと同じことじゃないか」

「それ、コンパニオンに対する職業差別でもあるわよ」

「パワハラ、セクハラを受け容《うい》れる水野にも問題があると、俺は思うよ」

「別に受け容れているわけじゃない。パワハラだともセクハラだとも思っていないだけよ」

これ以上議論を続けても埒《らち》が明かない。安積はそう思って言った。

「遺体が浮いた現場に向かうとき、俺は船に乗った」

須田と水野は言葉を呑《の》み込《こ》んで、きょとんとした顔で安積を見つめた。

安積が何を言い出したのか、理解できない様子だ。

安積は言葉を続けた。

「警備艇で臨場したんだ。そして隅田川を上っていった。そのとき、俺は驚いた。普段見ているはずの景色が、まったく違うものに見えたんだ」

須田と水野が顔を見合わせた。二人は居心地が悪そうだ。安積が言っていることがどこに行き着くのか予想できないからだろう。

質問しようにも、何を訊いていいのかわからないのだ。だから、二人は黙って話を聞くことに決めたようだ。

「石倉さんに言われたよ。目線が変わったからだって。石倉さんも吉田係長も、言っていた。目線を変えることはとても重要なんだってな」

須田が言った。

「ええと……。目線ですか……」

「そうだ。おまえも目線を変えてみる必要がある」

「俺がですか？」

「立ち位置を変えてみるんだ。おまえは今、杓子定規《しゃくしじょうぎ》に課長と対立する立場を採っている。言い換えれば、上から目線だ」

「そんな……。上から目線だなんて……」

「そうよ」

水野が言った。「マスコミが勘違いして犯罪者を糾弾する態度と変わりないわ」

安積は水野に言った。

「おまえも目線を変えてみるといい」

水野は意外そうな顔になったが、反論はしなかった。

安積は須田に眼《め》を戻した。

「だから、おまえは課長と同じ位置か、その下まで降りてみることだ。どういう意図や気持ちで水野を誘ったのか、考えてみるんだ」

須田も黙り込んだ。

「そして、水野は」

安積は言葉を続けた。「課長と同じ位置から須田と同じ位置まで目線を変えるんだ」

「須田君と同じ位置まで……？」

「そうだ。二人とも違った景色が見えることがわかるはずだ」

須田と水野は何も言わず安積を見つめている。

須田がパワハラ、セクハラと言うのは、明らかに過剰反応だ。

そしてそれに対してむきになる水野は、須田の気持ちを理解していないのではないか。いや、理解しているが、認めるわけにはいかないのだろう。

須田は水野を守ろうとしているのであり、水野は須田に守ってもらう必要はないと考えているのだ。どちらかが間違っているというわけではない。

「それからな」

安積は須田に言った。「課長がおまえに伝えてくれと言っていた。別に悪気があったわけじゃないんだ、と……」

「ええ……。もちろん、それはわかっていたんですけどね……」

須田はそう言った。

「結局ですね、水野は課長の飲み会に行ったそうです」

後日、須田が安積にそう報告した。

「それで？」

「いろいろな情報を得られて、いい勉強になったと言ってました」

「課長たちといっしょに飲む機会なんて、なかなかないからな」

「もしかしたら俺、水野を妬《ねた》んでいたのかもしれません」

「おまえがか？」

「榊原課長が俺を飲みに誘うことなんてないでしょうしね……」

「そんなことはないぞ」

課長の声だった。

いつの間にか、係長席のそばで話をしている二人の背後に、榊原課長が近づいてきていたのだ。

二人は驚いて振り向いた。

榊原課長が言った。

「須田。今度酒を飲みながら、ゆっくりコンプライアンスについて聞こうじゃないか」

須田は目を白黒させている。

榊原課長がさらに言った。

「おまえが俺に意見したとき、しみじみと思ったんだ。俺はいい部下を持ったってな」

安積は言った。

「須田は俺の部下です」

「おまえの部下ということは、俺の部下でもあるということだ」

榊原課長がその場を離れていったので、安積と須田はその後ろ姿に向かって礼をした。


「おい、安積係長」

廊下で石倉に声をかけられた。

「何でしょう？」

「水上バスの隅田川クルーズというのがあるらしい。乗ってみないか？」

「水上バスですか？」

「ああ。俺はあんたみたいに、水上安全課の警備艇に乗れるわけじゃないからな」

「俺だってそうそう乗れはしません」

「あんた、船長に気に入られているじゃないか」

「そうでしょうか」

「クルーズ、どうする？」

「行ってみたいですね」

「決まりだ。じゃあ、行こう」

「係のみんなも誘っていいですか？」

「おい、強行犯係がそんなに暇なわけないだろう」

「鑑識係もね」

「じゃあ、事件がなかったら、という条件で計画しよう」

「了解です」

廊下を歩いていく石倉が、珍しく浮き浮きしているように見えた。

会食

1

ようやく会議が終わり、やれやれと思っていると、榊原課長に呼ばれた。

「安積係長、ちょっといいか？」

「はい」

刑事組対課の係長を集めた会議で、座長が課長だった。

安積が近づいていくと、榊原課長は、他の係長たちが会議室からおおかた退出するのを待って言った。

「瀬場《せば》副署長のことなんだが……」

「副署長のこと？」

「ああ。課長会議のときに、ちょっと話をしたんだが……」

今終わったばかりの係長会議は、課長会議の結果を踏まえて開かれる。

課長会議を招集するのは署長だ。そして、副署長も出席する。

安積は尋ねた。

「副署長がどうかされたのですか？」

「悩んでおられる」

「お立場上、いろいろと考えなければならないのでしょう」

「会議ではほとんど発言しなかったし、表情も冴《さ》えない。それで気になってな……」

課長会議の様子などわからないので、安積は尋ねた。

「いつもは発言なさるんですか？」

「いやあ、野村《のむら》署長の陰に隠れて、あまり目立たないんだがね……」

「それで、ご本人から話をうかがったのですか？」

「実は、副署長の悩みの種は、その野村署長に関することなんだ」

そこで、榊原課長は出入り口のほうを見た。それから声を落とした。「あるベテラン記者が、瀬場副署長に耳打ちしたらしいんだ」

「何をです？」

「野村署長が暴力団の幹部と会食をしたらしい」

「暴力団幹部と……？　二人きりでですか？」

「詳しいことは知らない。問題は、そのネタを東報《とうほう》新聞の山口友紀子《やまぐちゆきこ》が握っているらしいということなんだ」

警察署内でのマスコミ対応は主に副署長の役目だ。だから、副署長席の周囲にはたいてい数社の記者がたむろしている。

瀬場副署長から洩《も》れる情報もあるだろうが、逆に記者からもたらされる情報もあるというわけだ。

安積は気になって質問した。

「どうしてその話を自分に……？」

「東京湾臨海署がリニューアルしたときに、神南《じんなん》署にいた君を引っぱったのは野村署長だ。そうだな？」

そんなこともあったと、安積は思った。

さらに、榊原課長の言葉が続く。

「それに、安積係長は山口記者と懇意だと聞いている」

「彼女が臨海署を担当してけっこう経《た》ちますからね」

刑事と新聞記者の関係は独特だ。記者は必死で刑事から何かを聞き出そうとし、刑事は秘密を守ろうとする。

一見対立する関係に思えるが、実はそうでもないと安積は思っている。広い視野で見れば協力し合っているということになるだろう。

互いに犯罪や不正と戦っているという自負がある。だから、戦友と呼べるような仲間意識が芽生えることもある。

「安積係長に調べてもらおうと思ってな」

安積は戸惑った。

「調べるって、何をです？」

「だからさ、瀬場副署長が心配していることが、実際はどうなのか……」

「副署長が何を心配されているのか、今一つ理解できないのですが……」

榊原課長があきれたような顔で言った。

「署長が暴力団幹部と会食だよ。そのネタを新聞記者が握ってるって言うんだ。これ、大事《おおごと》だろう」

「まだ記事になったわけではありませんから……」

「記事になったらお終《しま》いだよ。それにな、近々御前《ごぜん》会議があるんだ」

御前会議は、警視庁本部で開かれる署長会議のことだ。警視総監が出席するのでそう呼ばれる。

榊原課長の言葉が続いた。

「スキャンダルを抱えて会議に出たら、吊《つる》し上げにあうぞ。警視総監の前で非難されている野村署長の姿を想像するだけで、胃が痛くなってくる」

「そういうことですか……」

もし、署長会議の前に、そのスキャンダルを山口が記事にしたら、榊原課長が言うように、野村署長は厳しく糾弾されることになるかもしれない。

「わかりました」

安積はそう言うしかないと思った。「調べてみます」

榊原課長は、ほっとした顔になって言った。

「頼んだよ」

強行犯係の席に戻ると、安積は考え込んだ。

さて、どうしたものか……。

署長のスキャンダルについて、副署長が悩んでいる。係長の安積には荷が重い話だ。幹部の問題になど触れたくはない。

だが、課長に言われたからには知らんぷりもしていられない。

だいたい、榊原課長でなければ、瀬場副署長が悩んでいることなどに気づきはしなかったのではないか。

榊原課長は苦労性だ。だから、他人の気がかりな様子にも敏感なのだろう。よく言えば、他人を気づかっているのであり、悪く言えば顔色をうかがっているのだ。

それにしても、署長が暴力団幹部と会食というのはどういうことだろう。

一昔前なら、そういう話を聞いても驚かなかった。清濁併《あわ》せ呑《の》むのも警察官の度量だという時代があった。暴力団員と付き合い、情報を得つつ、活動を牽制《けんせい》するのだ。

しかし、今はそういうご時世ではない。暴対法や暴力団排除条例で暴力団をぎちぎちに締め付けている。だから、会食などという話にはならないはずだ。

野村署長は、何事にも前向きだ。行動力があり、声が大きい。この声が大きいというのは、人の上に立つ者に重要な要素だと安積は思っている。

一方、瀬場副署長はいつもひかえめだ。そして、物事を淡々とそつなくこなすタイプだ。

野村署長が太陽ならば、瀬場副署長は月だ。その組み合わせで、普段はうまくいっているように見える。まさか、瀬場副署長が野村署長のことで悩みを抱えるなんて、想像したこともなかった。

まずは当事者たちから話を聞くのが先決だろうが、何せ相手は署長に副署長だ。さすがの安積も二の足を踏む。

そんなことを考えているところに、真島《まじま》係長がやってきた。

真島は組対係の係長だ。正式には組織犯罪対策係だが、伝統的に暴力犯係と呼ぶ者もまだ少なくない。多くの者は「マル暴」で済ませている。

「よう、安積係長。ちょっと、助けてくんねえか」

「あんたもか……」

「あんたもって、どういうことだ?」

「いや、今日はよく頼まれごとをする日だと思ってな」

「三日後に、マルB絡みの捕り物がある」

「その助《すけ》っ人《と》をしてくれと……?」

「ああ。特殊詐欺の実行犯なんで、俺たち組対係と知能犯係の混成部隊だ。それに安積班も加わってほしい」

「課長に話は通っているのか?」

「これ、課長からのお達しだよ」

「課長からの?」

「ああ。安積班に手伝ってもらえって言われた」

安積は低くうなった。

副署長の件を調べろと言っておいて、組対係の助っ人もやれと言う。俺《おれ》は一人しかいないんだぞと、文句のひとつも言いたくなる。

「わかった」

安積は言った。「三日後だな」

「詳しいことは、追って知らせる。じゃあ、頼むな」

真島係長が去っていく。その姿は反社のように見える。マル暴を長くやっていると、誰《だれ》でもそうなるようだ。取り締まる側と取り締まられる側の区別がつかなくなってくるのだ。

夕刻に戻ってきた係員たちに、組対係主導の検挙の予定を伝えた。

村雨が言った。

「特殊詐欺ですか。一斉検挙となれば、それなりの人数が必要ですね」

須田が言う。

「マルB相手だと、覚悟がいりますね」

それに対して水野が言った。

「組事務所にガサかけるわけじゃないんでしょう」

「まあ、どんな相手でも黒木がいれば安心だけどな」

いつも須田と組んでいる黒木は無口で目立たない男だが、実は剣道五段の実力者だ。よその事案の応援だからといって、文句を言う者は一人もいない。

「詳細は、真島係長が知らせてくるから……」

そう言い置いて、安積は席を立った。

一階に行けば、山口友紀子に会えるかもしれない。そう思って階段を降りた。

副署長席の周りには、いつものように記者たちの姿があったが、山口記者はいなかった。話をしたいときに限って会えない。世の中そんなものだと思い、安積は席に戻ろうとした。

そのとき、署長室のドアが開いて、野村署長が姿を見せた。

安積のほうに近づいてくる。安積はその場で礼をした。野村署長はうなずき返すと、安積の前を通り過ぎようとした。

「あの……」

安積はつい声をかけてしまった。野村署長が立ち止まった。

「何だ？」

「気になる噂《うわさ》を耳にしまして……」

「気になる噂？」

「署長がある人物と会食をなさっていたという」

野村署長は一瞬、怪訝《けげん》そうな顔をしてから笑いだした。

「俺も大物になったものだな。誰かと飯を食っただけで噂になるのか」

「それは、署長ですから……」

「特殊詐欺の捕り物があるそうだな」

「はい」

「俺の噂なんて気にしていないで、そっちをよろしく頼むぞ。でかい事案だからな」

「承知しました」

野村署長は悠々と玄関のほうに歩き去った。

しばらく副署長席の様子をうかがっていた安積は、記者たちの姿がなくなったのを見計らって近づいた。

「ちょっとよろしいですか」

声をかけると、瀬場副署長が驚いたように顔を上げた。

「何だ?」

「榊原課長から話を聞きまして……」

副署長の表情が曇る。

「そのことか……」

「課長から調べるように言われましたので、詳しくお話をうかがってもよろしいでしょうか」

「俺も詳しいことは知らんよ。ある記者から耳打ちされただけだ」

「署長のことですね?」

「そうだ。暴力団幹部と会食をしたというんだ。そのネタを東報新聞の山口記者が握っていると……」

「確認しましたか？」

「確認？　山口記者にか？　そんなことをして藪蛇《やぶへび》になったらどうするんだ」

「藪蛇とはどういうことですか？」

「警察から圧力がかかったと勘違いされるかもしれない。そうなれば、問題がこじれるぞ」

瀬場副署長も、榊原課長同様に心配性なのだ。

「会食の相手はわかっているのですか？」

「仁志田寅彦《にしだとらひこ》という名らしい。知っているか？」

「知っています。関西系ですね」

たしか本家二次団体の若頭代行で、三次団体仁志田組組長だ。強行犯係にいると、組対係ほどではないが、反社勢力に詳しくなる。

「だが、それも確かな話じゃない」

「わかりました。では私がそれとなく確認を取りましょう」

「触らんほうがいいと思うが……」

「では、このまま放《ほう》っておいてよろしいのですか？」

瀬場副署長は悩ましげな表情になった。

「そうもいかないんだよなあ……。御前会議のことは聞いているか？」

「うかがっております」

「それまでに、何とかケリをつけたいんだが……」

山口には接触しないほうがいいと言いながら、ケリをつけたいと言う。問題が自然に解決するとでも思っているのだろうか。

安積は言った。

「私に任せてください。うまく話してみます」

瀬場副署長の表情が明るくなった。

「そうか。じゃあ、よろしく頼むよ」

安積は礼をして副署長席を離れた。

話の流れで「任せろ」と言ったものの、具体的にどうすればいいのかはわからなかった。とにかく、山口から事情を聞かなければならない。

だが依然として、山口の姿はない。

明日の朝なら会えるかもしれない。そう思い、安積は強行犯係に戻った。


結局、山口友紀子を見かけないまま、特殊詐欺グループ検挙の当日を迎えた。

捕り物はたいてい夜明けと同時に行われる。捜索差押許可状に日の出から日没までという制限がついていることが多いからだ。

逮捕状を執行して身柄確保したら、すぐに家宅捜索という流れになる。

午前五時に、検挙に向かう係員たちが柔道場に集合した。安積班もその中にいる。

早朝にもかかわらず、眠そうな顔をしている者はいない。みんな臨戦態勢なのだ。これから戦に向かう武将のように入れ込んでいる。

総勢十八人が、組対係の真島係長を中心に輪を作っている。

「ごくろうさんです」

真島係長が段取りの説明を始めた。「当該アパートの鍵《かぎ》はすでに入手済みです。これから班分けを発表します」

部屋のドアをノックするのは、組対係の役目だ。そして、組対係と知能犯係が踏み込んで、特殊詐欺グループの身柄を押さえる。

被疑者たちの人着《にんちゃく》はすでに写真で確認してあった。部屋にいると思われるのは、掛け子、受け子など六名だ。

ちなみに掛け子というのは電話をかける役目、受け子は実際に現金を受け取る役目だ。彼らはほとんどが二十代の若者で、中には未成年もいるらしい。

助っ人の安積班は、踏み込みには参加せず、当該アパートの周辺で警戒することになった。万が一検挙を振り切って逃走しようとする者がいた場合に備えるのだ。

「なお……」

真島係長の言葉が続いた。「身柄確保後、安積班にはガサに参加してもらいます。以上ですが、何か質問は?」

安積は尋ねた。

「掛け子、受け子は素人なんだな?」

「そうだ。バイト感覚でネット募集に応じた連中だな」

「元締めというか、ケツ持ちがいるんだろう?」

「ああ。それが俺たち組対係の一番の狙《ねら》いだよ」

「身元はわかっているのか?」

「言ってなかったっけ? 仁志田組の下っ端だ」

「仁志田組……」

「何だよ、すっとんきょうな声出して。仁志田組がどうかしたのか?」

「そいつの身柄を取ったら、ちょっと訊《き》きたいことがあるんだが……」

「もちろんかまわないよ。そいつの身柄を無事確保できたらの話だけどね」

捜査員たちはまだ暗いうちに車に分乗して署を出発した。こういうときは車が使えるので助かる。普段、刑事は電車やバスで移動する。

やってきたのは、臨海署管内の小さなアパートだった。オートロックなどない二階建てで、各階に四部屋ずつある。

問題の部屋は一階の左から数えて二つ目だった。

最前列に組対係、その後ろに知能犯係が並ぶ。真島係長が係員の一人に時間を訊いた。

「五時四十分です」

「あと二分だな」

その日の日の出時刻は午前五時四十二分だと確認してあった。

二分過ぎると、真島係長がノックをした。

「すいませーん。ちょっといいですかあ?」

捕り物のときのこうした呼びかけは、いつも少しばかり間が抜けて聞こえると安積は思った。

ドアは閉ざされたままだし、返事もない。

中にいる連中は何が起きているのかすでに気づいているのだ。

真島係長の指示で、係員があらかじめ用意した鍵で解錠する。

真島係長がやはりのんびりした口調で言う。

「さて、行こうか」

次の瞬間、ドアを開けて捜査員たちが部屋に踏み込んだ。どたばたという音と、怒号が交差する。

検挙される連中よりも、捜査員たちの声のほうが大きいなと安積は思った。

裏の掃き出し窓が開き、誰かが飛び出してきた。安積班の獲物だ。

若い男だが、細くて体力があるようには見えない。黒木が難なく取り押さえた。

被疑者全員の身柄を確保した。

2

「取調室に行ってくれ」

真島係長が、安積の席にやってきて言った。「仁志田組のチンピラがいる。こっちの調べはあらかた終わった。話が聞きたいんだろう」

安積は礼を言ってから取調室に向かった。

中には絵に描《か》いたようなチンピラがいた。

スチール机に対して横向きに座り、ふてくされたような態度だ。

オーバーサイズの服に太めのズボンは、いわゆるB系とかストリート系とか言われるファッションで、今どきのチンピラらしい恰好《かっこう》だ。

おそらく真島たち組対係にさんざん絞られたのだろう。すっかりへそを曲げている様子だ。

「訊きたいことがある」

安積がそう言っても、そっぽを向いて反応を示そうとしない。

かまわずに安積は続けた。

「特殊詐欺の話じゃない。組のことだ」

男はちらりと安積のほうを見たが、また横を向いた。実は、不安で仕方がないのだろう。グレていれば警察の世話になることもある。だが、おそらくそれに慣れることはない。

警察沙汰《ざた》になるたびに不安や恐怖を覚えるのだ。

「組長の仁志田寅彦について聞きたいんだ。教えてくれ」

男は、安積を見た。その眼《め》が怒りにぎらぎらと光っている。

「気安くオヤジの名前を口にするんじゃねえ」

「気安く口にしているつもりはない。どんな人か知りたいんだ」

男はまたそっぽを向いた。

こたえようとしない。だが、実際はどうしたらいいか考えているに違いないと、安積は思った。

安積は言った。

「組長のことを尊敬しているんだな？」

相手は無言だ。だが、かすかに動揺が見て取れる。安積は、彼が何か言うまで待つことにした。

案の定、男は落ち着きをなくした。沈黙が彼にプレッシャーを与えているのだ。

やがて、彼は言った。

「尊敬してるかって？　当たり前じゃねえか」

「頼りになる人なのか？」

「だからよ、当たり前のことを訊くなって言ってるんだ。オヤジはよ。俺たちとは違うんだよ」

「どう違うんだ？」

「何もかもだよ。人間の出来が違うっていうか……」

「人間なんて一皮剝《む》けば誰だって同じだと思うが……」

男はふんと鼻で笑った。

「オヤジのことを知らねえからそんなことが言えるんだ。オヤジはな、男の中の男なんだよ」

「男の中の男」。これはこういう連中の決まり文句だ。

「一家を構えているんだから、そうだろうな」

「ただ強いだの度胸があるだのじゃねえんだ。頭がいいんだよ」

「ほう、そうなのか？」

「なんせ、大卒だからな」

今どきの暴力団員で大卒は珍しくない。だが、今目の前にいる男にとっては特別なことなのだろう。

「大卒か。どこの大学か知っているのか？」

「啓洋《けいよう》大柔道部だ」

啓洋大はスポーツが盛んな大学で、特に柔道部は有名だ。だから、自慢げな口調だった。

安積は言った。

「それはたいしたものだ」

「だろう。あそこの柔道部は半端じゃないからな」

安積はうなずいてから立ち上がった。

男は怪訝そうに安積を見て言った。

「何だよ、もういいのかよ」

「ああ。質問は以上だ」

勾留《こうりゅう》手続きは組対係に任せることにした。


安積は取調室を出ると、階段で一階に降りた。

まっすぐに副署長席に向かった。いつものとおり、周囲には記者たちの姿がある。その中に山口がいた。

安積は彼女に声をかけた。

「ここ三日ばかり姿が見えなかったな」

「地方に出張だったんです」

「後で話がある」

「わかりました」

他社の記者が安積に言う。

「何です？　東報さんだけに話って……」

「それは秘密だ」

「そういうの、まずいんじゃないかなあ」

「別にまずくない。特ダネを提供するわけじゃないんだ」

瀬場副署長が目を丸くして安積を見ている。

「人のいないところで話がしたいのですが……」

「わかった。行こう」

二人は副署長席を離れた。

山口の声が背後から聞こえた。

「ここで待ってますから」

安積は記者たちに話を聞かれない場所までやってくると、瀬場副署長に言った。

「確認したいことがあります」

「何だ？」

「野村署長の出身大学です」

「ああ。啓洋大学だよ」

「柔道部でしたね」

「そうだ」

「これから、署長に会いに行きましょう」

「署長に……？　どうしてだ？」

「仁志田の件です。直接話すのが一番です」

「待て……。話がわからない。直接、何を話すと言うんだ」

「とにかく、署長室に行きましょう」

「待てと言ってるんだ。アポなしで署長室を訪ねるわけにはいかん。まず、警務課長に連絡しないと……」

副署長なら突然訪ねていっても署長は何も言わないだろう。だが、瀬場はこういう段取りをちゃんと踏まないと気が済まない性格なのだ。

「わかりました。では、私が警務課長に訊いてまいります」

「いや、いいよ。私が行ったほうが話が早いだろう」

瀬場副署長は、署長室のすぐそばにある警務課に向かった。安積は黙ってそのあとに続いた。

警務課長があたふたと電話をかけたり、署長室をノックしたりした後、瀬場副署長に告げた。

「お会いになるそうです。お入りください」

瀬場副署長と安積が署長室に入ると、野村署長が机の向こうから言った。

「何だよ、改まって。話があるなら、いつでも来てくれ」

瀬場副署長がこたえた。

「お話ししたいと申したのは、私ではなく、安積係長です」

野村署長が安積を見て言った。

「誰だって同じことだ。好きなときに訪ねて来ればいいんだ」

係長ごときがおいそれと署長室を訪ねることができないことを、署長はもちろん知っているはずだ。それなのに、こんなことを言う。

自分は理解のある上司だとアピールしたいのだろうか。いや、おそらくそうではない。野村署長は本気で言っているのだ。

警察署内のしきたりや約束事などにはこだわらないのだ。豪放磊落《ごうほうらいらく》という言葉は野村署長のためにあるのではないかと、安積は思った。

「それで……?」

野村署長が安積に尋ねた。「話というのは何だ？」

「署長が、仁志田組組長の仁志田寅彦と会食をしていたと言っている者がおります」

野村署長はけろっとした顔をしている。

「そういえば、会食がどうのと言っていたな。仁志田のことだったのか」

「会食したのは事実ですか?」

「ああ、いっしょに飯を食ったよ」

「新聞記者にその事実を知られているようです」

「新聞記者……」

「もし、記事になったら、ちょっとした騒ぎになるかもしれません」

「記事になりそうなのか?」

「それはまだわかりません」

「それなら何も、おたおたすることはないだろう」

「別におたおたしてはおりません」

「こうして俺を訪ねてきているじゃないか」

「事実の確認がしたかったのです。仁志田寅彦は、署長と同じく啓洋大学柔道部のOBだそうですね」

その安積の言葉に反応したのは、瀬場副署長だった。

「え……。そうなんですか?」

野村署長は相変わらず、平気な顔でこたえる。

「そうだよ。あいつとは同学年だ。大学柔道部の仲間と食事をして、何が悪いんだ」

野村署長のこだわりのなさはもちろんいい面もある。署内の風通しはいいし、何より雰囲気が明るく活発だ。

だが、その反面、気にすべきことを無視することもある。今回がいい例だと、安積は思った。警察署長たるもの、「食事をして何が悪い」では済まないこともある。それをちゃんと意見しておかなければならない。

常に署長の陰にいる瀬場副署長には、おそらく期待できないだろう。ただ蒲団《ふとん》をかぶっていれば嵐《あらし》は通り過ぎる。そう考えるタイプなのだ。

言うべきことは俺が言わなければならないと、安積は思った。署長の機嫌を損ねることになるかもしれないと思うと気が重かった。

だが、それは自分の役目なのだと腹をくくるしかなかった。

「一言申し上げたいことがあります」

安積が野村署長にそう言ったとき、それを制するように瀬場副署長が言った。

「大学ＯＢ同士で食事をされただけだということは理解いたしました」

野村署長が言う。

「それ以上でもなければ、それ以下でもない」

「しかし、そう考えない者もおります」

野村署長が驚いた顔で聞き返した。

「それはどういうことだ？」

「当然、署長が接待を受けたと考える者もいるでしょう」

「そんなのは邪推だ。放っておけばいい」

「そうは参りません。警察幹部にとって、スキャンダルは事実と同じ重みがあります」

野村署長はぽかんとした顔になる。

「政治家じゃないんだ。スキャンダルが命取りになどなるものか」

「その認識を改めていただきます」

「何だって……」

「会食の情報を握っている記者の思惑一つで、どんな記事にもなり得るんです」

「飯を食っただけで、どんな記事になると言うんだ」

「贈収賄の嫌疑がかけられても言い訳はできないでしょう。さらに、新聞で記事にされたあとが問題です。週刊誌の後追い記事は、さらに質《たち》が悪いでしょうし、最近ではネットで叩《たた》かれることもあります」

「考え過ぎだろう」

「いいえ、そうとは思いません。御前会議のことをお考えください」

「御前会議？」

「その席で、会食のことを糾弾されることを想像していただきたいのです」

さすがに野村署長の顔色が変わった。

「そいつはいただけないな……」

「李下《りか》に冠を正さずという言葉もございます」

野村署長はややあって溜《た》め息《いき》をついた。

「瓜田《かでん》に履《くつ》を納《い》れず、李下に冠を正さず、か……。つまり、人に疑われるようなことはするなということだな」

「公務員はそう心得るべきかと存じます」

安積は驚き、感動していた。

まさか、瀬場副署長がここまで言ってくれるとは思ってもいなかったのだ。

事なかれ主義で、署長のイエスマンに過ぎない。彼のことをそんなふうに思っていた。だが、そうではなかった。常にひかえめなのは、人柄が謙虚だからなのだろう。一歩下がったところから物事を冷静に観察し、言うべきことは言う。

実はそういう人物だったのだ。安積は瀬場副署長に対する認識を新たにした。

敵に回すと面倒だなと、安積は思った。もちろんそれはほめ言葉だ。

「わかった」

野村署長が言った。「たしかに俺は軽率だった。反省するよ」

「では、あとのことは善処いたしますので」

「済まんな」

話はこれで終わりだった。

瀬場副署長が退出したので、安積はそれに続いた。

署長室の外に出ると、安積は瀬場副署長に言った。

「申し訳ありませんでした」

「何がだ?」

「私はずいぶん出過ぎたことをしたような気がします」

瀬場副署長がかぶりを振った。

「いや、安積係長に頼んでよかった」

「そうでしょうか。副署長にすべてお任せしたほうがよかったのではないでしょうか」

「スキャンダルについて直接署長に話を聞きに行こうなんて、君でなければ言い出さないだろう」

「いえ、それは……」

「だから、野村署長も君を買っているんだ」

「はあ……」

「ほら、山口記者が待っているぞ」

彼女は先ほどと同じ場所に立っていた。

「では、話をしてきます」

「待て、私もいっしょに話を聞こう」

安積は、山口に声をかけて副署長席に近づいた。他社の記者が何事かと近づいてくる。

瀬場副署長が言った。

「安積係長と山口記者が話をするんだ。気を利かせたらどうだ？」

ベテラン記者がそれにこたえる。

「えこひいきはいけませんよ。いくら山口が美人だからって……」

山口が野村署長のネタを握っていると、瀬場副署長に耳打ちしたのは、この記者だろう。

瀬場副署長は表情を変えずに言う。

「今どきそういうことを言うと、セクハラで訴えられるぞ。ここは警察署だ。訴えを受けたら放ってはおけない」

ベテラン記者は苦笑した。

「わかりましたよ。気を利かせればいいんでしょう？　ただし、俺たちにも何かおいしい思いをさせてくださいよ」

「ああ。いい子にしていたら、そのうちいいこともあるさ」

ベテラン記者が副署長席を離れていったので、他社の者もそれにならった。山口だけが残った。

山口が安積に言った。

「お話というのは何でしょう？」

「野村署長のことだ。会食のネタをつかんでいると聞いた」

「暴力団組長のことですね？」

「記事にする可能性は？」

「それは野村署長が接待を受けたということなんですか？」

「そうじゃない。相手は野村署長と同じ大学の柔道部ＯＢだ。ＯＢ同士がいっしょに食事をしたというだけのことだ」

「でも、警察署長と暴力団組長ですよ。社会的に影響が大きいんじゃないですか」

「たしかに不注意だったと思う。その点については、副署長がきっちりと釘《くぎ》を刺した。だから……」

「先ほどの質問におこたえします。もちろん記事にする可能性はありますよ。でも、私にそのつもりはありません」

「だから……」

そう繰り返してから、安積は聞き返した。「え？　何だって？」

「記事にするつもりはないと言ったんです」

「本当だな」

「署長が接待を受けたわけじゃないと、係長はおっしゃいましたよね？」

「言った」

「署長は、その人物と会って、何か犯罪を共謀したわけでもないんですね？」

「していない」

「ならば、新聞の記事にはなりませんよ」

安積は思わず瀬場副署長と顔を見合わせていた。

山口の言葉が続いた。

「ただし、何か不正が行われたのだとしたら、私は見逃しません」

瀬場副署長が言った。

「当然ですね」

「他に何か……？」

山口が言ったので、安積はかぶりを振った。

「いや。それだけだ」

「じゃあ、失礼します。出張取材の記事をまとめなきゃならないので……」

彼女は礼をして去っていった。

安積と瀬場副署長はその後ろ姿をしばらく見送っていた。

「なんだか、キツネにつままれたような気分だな」

瀬場副署長が言ったので、安積はこたえた。

「同感ですね」


数日後、御前会議が開かれた。野村署長は夕刻に署に戻ってきたようだ。

その日は珍しく早く帰宅できそうなので、安積は午後六時頃《ごろ》に席を離れた。一階まで来ると、部屋から出てきた野村署長とばったり会った。

「お、安積係長。出かけるのか？」

「帰宅します」

「そうか。今日は終わりか。じゃあ、飯行こう」

「は……?」

「先日の詫《わ》びというか礼というか……。とにかく付き合え」

それから野村署長は、副署長席の瀬場に声をかけた。

「おい、飯に行くぞ」

この人の誘いは断れないな。署長だからというわけではない。人を引っぱっていく独特の迫力がある。

瀬場副署長が溜め息をついてから立ち上がった。

すでに、野村署長は玄関を出ようとしている。瀬場副署長と安積は、小走りにその後を追った。

志望

1

「地域課の係員ですか?」

安積は、榊原課長の顔を見て言った。

課長席に呼ばれ、安積は机の前に立っていた。

「そうだ」

榊原課長が言った。「武藤《むとう》和馬《かずま》という名の巡査長だ。年齢は二十六歳だったか……」

「刑事課に引っ張りたいと……」

榊原課長はうなずいた。

「できれば、強行犯係にと思っている」

「しかし、うちの係に空きはありません」

「それは、第二係の相楽班も同様だよ」

「空きがなければ、引っ張るわけにはいきません」

「ぐずぐずしていると、他の係に取られてしまうぞ。みすみす有望な人材を逃す手はないだろう」

「有望なのですか?」

「野村署長は推薦する気まんまんだ」

刑事になるには、刑事任用試験を受けなければならない。これが狭き門で、受験するためには署長の推薦が必要だ。

つまり、受験する段階で選ばれた人材なのだ。

「職質での検挙数がダントツなんだ。コンビニ強盗の現場保存の最中に、野次馬の不審な動きに気づき、犯人確保につながったこともある。捜査センスが抜群だ」

「それはすごいですね」

たしかに刑事にとって捜査センスは重要だ。経験だけでは補えないものがある。刑事という仕事はそれだけ厳しいのだ。

「空きがないと言ったが……」

「はい」

「今、最も空きが出そうなのが安積班なんだ」

「どういうことでしょう」

「村雨だよ。あいつはそろそろ警部補になって、どこかの署の係長になるべきだ。そうだろう」

「私には何とも言えません」

「若くて優秀な人材を確保できるチャンスなんだ。村雨と話をしてみてくれないか」

何かいいことを言われているようだが、実のところ、新人のために村雨に場所を空けさせろということだ。

「村雨は、強行犯第一係になくてはならない存在です。新人五人分、いえ、十人分の価値があります」

榊原課長は目を丸くした。安積が反発するとは思っていなかったのだろう。

「それはわかっている。だがな、係長。組織というのは人間の体といっしょだ。新陳代謝が必要なんだ」

「それは新たなものを吸収するために、不必要なものを捨てるということでしょう。村雨は不必要なものではありません」

「誰《だれ》も、不必要とは言っていないだろう。村雨だっていつまでも主任でいるわけにはいかない。あいつは充分に係長の器だ。そうだろう」

「それはそう思いますが……」

「どこかの署で係長をやるのが、村雨のためなんじゃないのか?」

「はあ……」

本人はどう思っているのだろう。

村雨の昇進について、考えたことがなかったわけではない。現在安積班には、巡査部長、つまり主任が三人いる。

その中では、村雨が一番の年上だ。後の二人、須田と水野は同期だ。

経歴や年齢だけでなく、村雨は性格も管理職向きだ。もしかしたら、自分よりも係長に向いているのではないかと、安積は思っている。

頼りになるが、少々煙たく思うこともたまにある。

無言で考え込んでいると、榊原課長が言った。

「村雨のことはともかく、武藤を一度見てやってくれ」

「地域課を訪ねろということですか？」

「強行犯係の係長が訪ねていったら、本人が必要以上に期待してしまうだろう。さりげなくだよ、さりげなく。そういう機会を作るんだよ」

「さりげなく、ですか……」

そんなうまい方法は見つかるだろうか。安積はどうしていいかわからなかった。それ以上話がなさそうなので、安積は礼をして自分の席に戻った。

係員たちは、それぞれの事案のために出かけている。

安積は村雨の席に眼《め》をやり、そこに新人の刑事が座っているところを想像してみた。そして、そっとかぶりを振った。

そんな想像にまったく現実味がないことに気づいた。


その日の夕刻に、管内で強盗があったという無線が流れた。五分ほど前に通報があったようだ。

村雨と桜井が戻ってきていた。須田、水野、黒木の三人はまだ外だ。

村雨が安積に言った。

「出動ですね？」

隣の相楽班は無人だった。必然的に安積班の仕事ということになる。

安積はこたえた。

「須田たちとは現場で会おう」

桜井が携帯電話を取り出して言った。

「連絡します」

安積は出入り口に向かった。


現場は管内のマンションの一室だ。

オートロックだが、侵入する手はいくらでもある。住人が中から出てくるときに、すれ違いで戸口をくぐる。あるいは、宅配便を装う……。

今回の場合は前者のようだ。

マンション内に侵入しておいて、空き巣を狙《ねら》う手口だ。

「留守だと思って侵入したところに、自宅にいた住人と鉢合わせしたようです」

部屋の出入り口で、地域課の巡査部長がそう告げた。たしか、伊藤重太《いとうしげた》という名前だ。

事件が起きて、真っ先に駆けつけるのはたいてい所轄の地域課だ。機動捜査隊に先を越されることもあるが、だいたいは地域課の制服を着た警察官が現場で安積たちを待っている。

安積は伊藤巡査部長に言った。

「居直り強盗というわけだな」

「被害者は病院に運ばれましたが、命に別状はないようです。頭部を殴打されたので、念のため、

ＣＴだかＭＲＩだかを撮ると言ってましたが……」

「凶器は？」

「鈍器です。うちの若いのは、スパナのようなものではないかと言ってますが……」

「その若いのは、現場を見たんだな？」

「ええ。最初に駆けつけましたから……」

「呼んでくれないか。話を聞きたい」

「わかりました」

伊藤がその場を離れた。

鑑識が来るまで部屋に入れないので、安積は戸口から部屋の中を覗《のぞ》き込んだ。床に大きな血痕《けっこん》がある。頭部を殴打されたというから、その出血量も納得できる。頭部に裂傷を負うと、派手に出血するのだ。

床はフローリングだ。まだ新しい部屋のようで、床板はぴかぴかだった。

人の話し声が聞こえて、安積は振り向いた。聞き慣れた声だ。須田が誰かと話をしながら近づいてくるのだ。

その話し相手は制服を着た若い警察官だ。伊藤の部下だろう。

「あ、係長」

須田が言った。「武藤に用ですって？」

「武藤……？」

安積は思わず聞き返し、その地域課の係員を見た。「君が武藤和馬か？」

「はい」

彼は気をつけをしてこたえた。「武藤和馬巡査長です」

まさか、こんなに早く出会えるとは……。

「現場を見たということだが……」

「はい。ドアを開けると、人が倒れているのが見えました」

「被害者だな？」

「はい。頭部から血を流していましたので、生死を確かめ、救命措置を取ることにしました」

「部屋に足を踏み入れたんだな？」

「足跡などの資料汚染が気になりましたが、人命が優先と考えました」

「現場の保存のことも考慮したというわけだな？」

「窃盗が転じて強盗になったということですから、犯人は靴のまま侵入したと考えられます。ですから、当然足跡などが残っていると思料いたしました」

靴底のパターンを採取できれば、それは犯人を特定する手がかりとなる。武藤は人命を優先しながらも、そういうことをちゃんと考えていたということだ。

「凶器がスパナのようなものだと言ったそうだな？」

「はい。かつて喧嘩《けんか》の現場で同様の裂創を見ました。町工場での工員同士の喧嘩だったのですが、そのときスパナが使用されたんです」

「凶器はまだ発見されていないんだな?」

「発見されていません」

そのとき、須田が言った。

「彼は、マンションの前に規制線を張っていたんですけどね……」

黄色と黒の、犯行現場でお馴染《なじ》みのテープだ。「何かぶつぶつつぶやいているんですよ。何言ってるのかって尋ねたら、野次馬の特徴を覚えているんだって……」

「ほう……」

安積が視線を向けると、武藤は決まり悪そうに言った。

「ぱっと見て記憶できればいいのですが、それほど記憶力がよくないので、特徴を口に出して覚えていたのです」

「野次馬の不審な動きに気づいて、被疑者確保に結びつけたことがあるそうだな」

「ああ……。あれは運がよかったんです。まぐれですよ」

「安積係長、待たせたな」

鑑識の石倉係長の声だった。安積は言った。

「ご苦労さまです」

「居直り強盗だって?」

「はい」

「救急隊が被害者を運んでいったんだな?」

「ええ」

「ゲソ痕を荒らしてないといいけどな」

ゲソ痕は足跡のことだ。

安積は武藤に尋ねた。

「その場にいたんだな？」

「はい。おりました。極力資料汚染のないように気をつけてもらいました」

「ん……？　地域課か？」

石倉が武藤を見て言った。「気のきいたことを言うじゃないか。きれいなゲソ痕取れたら、ほめてやるよ」

鑑識が仕事を始めた。安積たちは、鑑識作業が終了するまで待たなければならない。

安積は、須田と武藤に言った。

「マンションの外に行ってみよう。村雨たちが聞き込みをやっているはずだ」


規制線の外にはマスコミの姿があったが、数はそれほど多くはない。彼らがほしいのは被疑者確保などの決定的瞬間だ。

初動捜査の様子を辛抱強く取材している社は少ない。

村雨が安積に気づいて近づいてきた。ビニールの袋を手にしている。

「玄関脇《わき》の植え込みに、これがありました」

袋の中には三十センチほどの長さのスパナがあった。

安積は村雨に言った。

「血が付いているな」

「ええ。おそらく凶器でしょう。犯人が逃走する際に捨てていったのだと思います」

「上に石倉さんがいる。届けてくれ」

「わかりました」

村雨はスパナの入ったビニール袋を桜井に手渡そうとした。

すると、安積の隣にいた武藤が言った。

「自分が持っていきましょうか？」

村雨は武藤を見てから安積の顔に視線を移した。安積はうなずいた。

村雨からスパナの入ったビニール袋を受け取ると、武藤は駆け足でマンションの玄関に向かった。

「係長にアピールしているようですね」

村雨が言った。

「アピール……？」

「自分にも経験があります。刑事課に引っ張ってもらいたくて、やる気を見せるんです」

「武藤はそういうタイプじゃないようだが……」

実際、彼の印象は控えめだった。がつがつと前に出てくるような感じではない。

「そうですか？」

「たぶん、自分の読みどおりの証拠品が見つかったのでうれしかったのだろう」

「読みどおり？」

「現場に最初に駆けつけたのは、あの武藤らしい。救急車を呼び、搬送される被害者を観察して、凶器がスパナのようなものらしいと考えた」

「へえ、やるじゃないですか」

村雨は隣にいる桜井に言った。「うかうかしていると、仕事を奪われるぞ」

それが冗談に聞こえなくて、安積は二人から眼をそらしていた。


桜井が聞き込みのために安積のもとから離れていった。水野と黒木の姿は見えない。須田も姿を消していた。どこかで聞き込みをやっているのだろう。

安積のそばには村雨だけがいた。

伊藤巡査部長がマスコミを牽制《けんせい》しているのが見える。

そこに武藤が戻ってきた。

「あれ……」

武藤が声を上げたので、村雨が尋ねた。

「どうした？」

「あそこにいる紺色のジャンパーの男……」

見たところ、五十代半ばの男性だ。

村雨がさらに尋ねる。

「あの男がどうかした？」

「現着のときに、姿を見かけたんです。規制線を張っているうちにいなくなったんですが……」

「また姿を現したということか？」

「はい。そういうことですね」

村雨が携帯電話を取り出した。

「桜井か？　規制線のすぐそばに、紺色のジャンパーを着た男がいる。見えるか？　……視認している？　黒木は？　じゃあ、二人で逃走路をふさいでくれ。これから、職質かけるので……」

さすがにそつがないと、安積は思った。やはり村雨は頼りになる。

安積は武藤に言った。

「君の出番だ。あの人物に職質だ」

「え？　自分がですか？」

「職質でかなりの実績を上げていると聞いている。腕前を見せてもらおうか」

「はい」

武藤は問題の男に近づいていった。駆け寄ったりはしない。ごくさりげない歩調で近づいていく。いかにも何かのついでに話を聞くという風情だ。

武藤が声をかけると、紺色のジャンパーの男は不機嫌そうに眼をそらした。武藤は笑顔で話しかける。

落ち着きをなくした男が突然武藤を突き飛ばして走りだした。

その行く手には、桜井と黒木が待ち構えていた。

2

確保した男の名は、浜口充男《はまぐちみつお》。五十六歳の無職だった。取り調べをするとすぐに犯行を自供した。

強盗事件の犯人だった。

石倉たち鑑識が現場の部屋からきれいな足跡を採取し、血が付いたスパナと足跡が証拠となって、被疑者は起訴された。

武藤がまた手柄を上げたことになる。彼の捜査センスや刑事の素質は認めなければならないと、安積は思った。

ある日屋上で、対岸の品川《しながわ》方面を眺めて気分転換をしていると、そこに速水《はやみ》がやってきた。

「ほう……。地域課の手柄か……」

居直り強盗の話をすると、速水は面白そうに言った。

「榊原課長は、ぜひ刑事課にほしいと言っている。野村署長も刑事任用試験に推薦するつもりらしい」

「えらく気に入られたもんだな」

「優秀な人材を見逃す手はないと、榊原課長は言っている」

「所属長としてはそう考えるのは当然だな」

「たしかに捜査センスはあると思う。鍛えればいい刑事になると思う」

「おまえの部下になるということか？」

「榊原課長はそのつもりだと言っていたが……」

「もしかして、その地域課係員、武藤って名前じゃないのか？」

「そうだ。武藤和馬だ。知っているのか？」

「そいつはだめだ」

「え……？　だめ？　どういうことだ？」

「刑事にはならないということだ」

「なぜだ？」

「おそらく交通部に来ることになるからだ」

「交通部？　部ってことは警視庁本部ってことだな？」

「そうだ」

「まずは署の交通課に行くんじゃないのか？」

「そういう手順を飛び越す手もある」

「どういう手だ？」

「俺《おれ》が引っ張る」

「何だって……」

「あいつは白バイ乗りにする」

「待て……。話がよくわからない」

安積は戸惑ったが、速水は涼しい顔をしている。

「俺がなぜ武藤を知っているのか聞きたくないのか？」

「なぜだ？」

「うちの隊員がスピード違反で検挙したことがある」

「スピード違反……？」

「武藤はな、プライベートでナナハンに乗っているんだ」

「七百五十ccのバイクということだな？」

「スピード違反はほめられたことじゃない。なにせ、警察官だし、きっちりとお灸《きゅう》をすえた。そのときに、検挙した隊員が言っていたんだ。ライディングのセンスが実にいいって……」

「それで、交機隊に引っ張るというのか？」

「交機隊とは限らない。白バイ乗りは引く手あまただからな」

「武藤ほどの捜査センスの持ち主はそういない。彼は刑事になるべきだと、俺は思うが……」

「バイク乗りのセンスも持ち合わせているんだ。これも貴重な資質なんだよ」

天は二物を与えずというが、一芸は万芸に通ずという言葉もある。

何かに秀でている者は、他の分野にも才能を発揮できる例が少なくないようだ。武藤もそうなのかもしれない。

「刑事任用試験への推薦は、百人に一人という難関だ。署長はそれをしようと言ってるんだ」

「白バイ特練というものがある。これは精鋭中の精鋭だ。これだって同じくらい狭き門なんだ」

「たしかに白バイ乗りは交通部や交通課の花形だろう。だが、刑事になるチャンスをふいにするわけにはいかない」

「おい、係長……。警察官が全員刑事になりたがっていると思ったら大間違いだぞ」

そう言われて安積は一瞬当惑した。

安積は、警察官になったときから、いや、その前からずっと刑事になりたいと考えていた。刑事になるために警察官になったと言っていい。

だから、警察官は当然刑事を目指すものと漠然と思っていたのだ。

「警察官の多くが刑事を志望しているのは事実だと思う」

「俺に言わせりゃな、それと同じく白バイ乗りになりたい警察官がいるんだよ」

「それはそうかもしれないが……」

「それにな、昨今ではずいぶん事情が変わって、若いやつらは総務・警務といった事務方を志望するようだ」

「そうなのか?」

「たしかに出世のことを考えれば、そのほうが確実だ」

刑事や交通課のように現場仕事がなければ、昇進試験のための勉強をする時間もある。また、もともと管理部門は出世コースだといわれている。

しかし、わざわざ初任科のきつい訓練を受けて、事務方になりたいというのが、安積には理解できなかった。

「今どきの若者はそうだと言ってしまえばそれまでだが、なんだか淋《さび》しい気がする」

「だからさ」

速水が言った。「武藤のようなやつは貴重なんだよ」

「わかっている。だから、榊原課長は刑事課にほしいと言っているんだし、俺もそれには賛成だ」

「空きはあるのか？」

痛いところをつかれた。

「実は……」

迷ったが、相手が速水なら話してもいいと思った。「課長は、村雨を警部補にしたいようだ」

「警部補ってことは係長じゃないか」

「だから、当然どこかの署か別の部署に異動することになる。そうすれば空きができる」

「村雨はその話を知っているのか？」

「いや。話していない」

「交通部なら、そんな無理をしなくても受《う》け容《い》れることができる」

「そりゃ、本部は所轄とは違うだろうからな……。だが、武藤は刑事になるのがいいと思う」

「いや。白バイ乗りになって、交機隊に来てもらいたい」

村雨のこともあり、当初は新人刑事を迎えることに乗り気ではなかった。だが、速水にこんな言われ方をすると、安積はなんだか意地になってきた。

「黙っていても、野村署長が推薦すれば、武藤は刑事任用試験を受けて、いずれは刑事になるだろう」

「そうなる前に、本部の交通部に引っ張るさ」

ここで速水と言い合いをしても仕方がない。そう思い、安積は矛を収めた。


それから数日後、安積の席に速水がやってきた。

「聞いたか?」

「何を……?」

「武藤だよ」

安積は村雨を見た。

速水はその安積の視線に気づいた様子で言った。

「ちょっと、付き合え」

安積は席を立ち、速水についていった。

廊下に出ると、速水が言った。

「本部で柔道の練習試合があったんだ」

警察では、術科の実力増進を図り、よく練習試合が行われる。

「練習試合がどうした」

「それに武藤が出たらしい」

「うちの署の代表ということか？　何も聞いてないぞ」

「タイトルがかかった試合じゃない。あくまでも練習試合だから、知らなくても当然だな」

「……で、結果は？」

「あいつ、五人抜きをやっちまったそうだ」

五人抜きとは、団体戦の抜き勝負で、先鋒《せんぽう》の選手が対戦相手を全員倒してしまうことだ。

武藤が並外れた実力者だということだ。

「驚いたな。あいつは柔道も強いのか……」

「何でも、普段は実力を隠しているらしい。安積班にも似たようなやつがいるな」

速水は黒木のことを言っているのだ。

黒木は実は剣道五段の腕前なのだが、それをひた隠しにしていた。ただ謙虚なだけではない。隠していたのには、黒木なりの理由があった。

剣道の実力者だとわかると、機動隊に引っ張られる可能性があるのだ。剣道特練といって、ひたすら剣道の訓練をし、将来は指導者となる道がある。特練にはたいてい機動隊員がなるのだ。

黒木はずっと刑事の仕事を続けたいので、機動隊にリクルートされるリスクを避けていたというわけだ。

安積はそれを思い出して言った。

「おい、柔道でそんな実績を上げると、機動隊からお呼びがかかるぞ」

「そうなると、刑事、交機隊、機動隊の三つ巴《どもえ》の奪い合いになるな」

「若者の将来がかかっているんだ。冗談では済まされないぞ」

「俺は冗談を言っているつもりはない」

なんだか、えらいことになってきたと、安積は思った。


その翌日のことだった。安積はまた、榊原課長に呼ばれた。

「村雨の件だが……。その後、どうだ?」

「まだ話はしておりません」

「ぐずぐずしていられなくなった」

「どういうことでしょう?」

「武藤に機動隊の白羽の矢が立った」

「柔道の練習試合ですか?」

「知っていたのか?」

「交機隊の速水から聞きました」

「そう言えば、交通部でも武藤を狙っているという話がある」

「そうらしいですね」

「こうなれば、是が非でもうちに引っ張りたい。君と速水は同期だったな」

「はい」

「だからといって譲ったりはしないでくれ」

「そのつもりはありません」

「ポストに空きを作ったほうが勝ちだ。そこで、村雨の意向を訊《き》いてほしいんだ」

あまり気が進まない。だが、課長にそんなことは言えない。

「わかりました。早急に話をしてみます」

「頼んだぞ」


安積は、席に戻ると村雨に声をかけた。

「ちょっと付き合ってくれ」

お気に入りの屋上に連れていった。

村雨は怪《け》訝《げん》そうな顔をしている。小言でも言われると思っているのだろう。

「巡査部長になってどれくらい経《た》つ？」

安積がそう言っただけで、村雨は事情を悟った様子だ。

「ああ……。昇進試験のことですか……」

「課長がな、そろそろ係長になってもいいんじゃないかと言っている」

「なかなか試験勉強ができないんですよ」

「そうだろうな」

「私はまだ、よそに行きたくないんです」

「警察官に異動はつきものだ。そうも言っていられないだろう」

「もうしばらく、桜井を見ていたいんです」

「桜井を……？」

「そうです。あいつはもしかしたら大化けするかもしれません」

「大化け？　刑事としてか？」

「ええ。あいつ、いいもの持ってるんです。だから、もう少しあいつの面倒をみていたいんです」

武藤を取りたいから席を空けてくれとは言えない。

「だがな」

安積は言った。「係長になれば、もっと多くの後進を育てることができる。それも大切なことだ」

「ええ、わかっています。ですが、私はもう少しだけ臨海署強行犯係にいたいんです」

「そうか」

安積はそれだけ言った。

村雨の気持ちがわかったからには、出ていけとは言えない。

だが、榊原課長は武藤をえらく気に入っている様子だ。おそらく諦《あきら》める気はないだろう。

榊原課長と村雨の板挟みになった形だ。係長はいつもこんな目にあうな……。課長と部下の板挟みは珍しいことではなかった。

そういう場合安積は、部下の側に立つと決めている。上からの圧力がある場合、自分が防波堤になるべきだと考えているのだ。

だが、今回ばかりはそうもいかない。

実際、安積も武藤が気に入っていた。黒木は剣道の、そして武藤は柔道のエキスパートだ。その二人が安積班にいたら心強い限りだ。

いっそのこと、機動隊に行ってくれれば諦めもつくのだが……。

安積はそんなことを考えていた。

いろいろと思案に暮れた挙げ句、安積は自分の席には戻らず、一階に降りた。東京湾臨海署の一階には、交機隊の分駐所が同居している。

安積はそこに足を運んだ。

ここに来るといつも体育会の部室のような雰囲気を感じるな……。ロッカーや木製のベンチがそう思わせるのかもしれない。

そんなことを思いながら、安積は速水に近づいた。速水は顔を上げると言った。

「係長、何か用か？」

「ちょっと付き合ってくれ」

「顔を貸せってことか？　穏やかじゃないな」

その場にいた隊員たちが笑みを浮かべる。

「ここじゃ話しづらいことなんだ。来てくれ」

安積は、速水を屋上に連れていった。

「村雨と話をした」

安積がそう言うと、速水は対岸を眺めながら聞き返した。

「昇進試験の件か？」

「村雨は、まだしばらく強行犯第一係にいたいそうだ」

「あいつはそう言うだろうな。だが、はいそうですかと言っていたら、警察の組織は成り立たない」

「新陳代謝が必要だと、榊原課長が言っていた」

「そういうことだ。村雨はもう立派に係長の器だよ」

「だがな、武藤を迎え入れたいがために村雨を追い出そうとしているようで気が引ける」

「じゃあ、武藤はいらないんだな？　交通部でもらい受けるぞ」

「榊原課長が黙っていないだろう」

「おまえはどうなんだ？　武藤を部下にしたくないのか？」

「優秀なやつだということはわかる。だがな……」

「だが、何だ？」

「出来すぎの気がする。何か落とし穴があるように思えて仕方がないんだ」

速水は笑った。

「おまえは苦労性だからな。幸せだと不安になるタイプだな」

「機動隊も武藤をほしがっているという話だ」

「柔道特練だな。機動隊は強力に攻めてくるぞ。あそこはいつも人員不足だ。今どきの若いやつが一番行きたがらないのが機動隊だからな」

「警察官が全員刑事になりたがっていると思ったら大間違いだと、おまえは言ったな」

「言った」

「それについて考えてみた。俺は刑事になることしか考えていなかった。だが、おまえが言うとおり、そんなやつばかりじゃないと思う」

「当たり前だ。警察がおまえみたいなやつばかりだったらやっていけないよ」

「どういう意味だ？」

「言ったとおりの意味だよ」

「俺や榊原課長やおまえがあれこれ言う前に確かめなければならないことがあるんじゃないか」

速水はうなずいた。

「武藤の志望だな」

「そうだ。俺たちが勝手に彼の将来を決められるわけじゃない。まずは、彼が何を望んでいるのかを訊かなければならない」

「じゃあ、今から訊きに行こう」

こういう場合、速水はまったく躊躇《ちゅうちょ》しない。彼の行動力にはいつも舌を巻く。

3

地域課に行くと、武藤はちょうど交番から戻ってきたところだった。当番が終わったのだ。署で着替えて帰宅するのだ。

伊藤巡査部長がいっしょだった。

「何ですか？　例の強盗の件でまだ何か……？」

安積を見ると、伊藤巡査部長が言った。

「いや、そうじゃない。武藤に用があってな」

武藤がきょとんとした顔で安積と速水を見ている。

「自分にご用ですか……？」

「ちょっと時間をもらえるか？」

安積が尋ねると、武藤は即答した。

「かまいません。帰るところですから……」

安積は、武藤、速水とともに廊下に出た。

「署長は、君を刑事任用試験に推薦してもいいと言っている」

「あ、それはとてもありがたいことですが……」

「刑事になる気があるということだな？」

武藤がこたえる前に、速水が割って入った。

「バイクが好きなんだろう？」

「はい……」

彼は照れ臭そうに言った。「一度スピード違反で捕まりましたよね。申し訳ありません」

「白バイに乗れば、好きなだけスピードを出せるぞ」

「おい」

安積は言った。「そんなことを言っていいのか？」

「嘘《うそ》じゃない」

安積は武藤に言った。

「柔道も強いそうだな」

「三段です。大学時代、柔道部でした」

「三段以上の実力がありそうだ。機動隊が眼をつけているらしい」

「いやあ……」

武藤は頭を掻《か》いてみせた。

速水が言った。

「俺は遠回しの話が嫌いだ。だから、単刀直入に訊く。刑事、白バイ、機動隊。このうち、おまえが進みたい部署はあるか?」

すると突然、武藤は頭を下げた。

「申し訳ありません」

速水が聞き返す。

「何を謝っているんだ?」

「自分はご期待には添えません」

「期待に添えない?」

安積は尋ねた。「それはどういうことだ?」

「父親が体を壊しまして……」

速水が言う。

「それは気の毒だが……」

「家業の家具屋を継がなくてはならなくなったのです」

安積は言葉が出てこず、ただ武藤の顔を見つめていた。速水も同様だった。

武藤の言葉が続いた。

「オヤジは無理して俺に好きなことをやれって言ってくれたんです。それで警察官になったんですが……」

「何とかならんのか?」

速水が言った。「副業で家具屋をやるとか……」

「そんなに儲《もう》けが出るわけではないので、全力でやらないと……。それに公務員が副業はまずいでしょう」

速水が安積を見た。

安積は言った。

「警察を辞めて悔いは残らないのか？」

「いろいろ悔いはありますよ。でも、これからは家具屋に全力投球です。家具職人になるのも夢だったんです」

「わかった。頑張ってくれ」

そう言うしかなかった。


榊原課長は、安積の報告を聞くとあからさまにがっかりした顔になった。

「家具屋だって？」

「はい」

「店が潰《つぶ》れたら、戻ってきてくれないかな……」

「そういう言い方はどうかと……」

「わかってるよ。しかし、逃した魚は大きいな」

同じようなことを速水も言っていた。

武藤は出来すぎだ。やはり落とし穴が待っていたかと、安積は思った。

席に戻ると、村雨と桜井が出かけていくところだった。

村雨が言った。

「係長、行ってきます」

「ああ」

安積は言った。「桜井を頼むぞ」

村雨は「はい」とこたえると部屋を出ていく。そのあとを、桜井が追っていった。

過失

1

電話を受けた須田が、受話器を置くと言った。

「地域課から応援要請です。ゆりかもめの駅で揉《も》め事《ごと》です」

安積はうなずいた。

「行ってみよう」

須田と安積が席を立とうとすると、隣の島の係長席から相楽の声が聞こえた。

「応援要請？　それって揉め事を刑事組対課に丸投げする気でしょう」

東京湾臨海署の刑事組対課には、強行犯係が二つある。安積率いる強行犯第一係と、相楽の強行犯第二係だ。署内ではそれぞれ、安積班、相楽班と呼ばれている。

安積は相楽に言った。

「だからといって、放《ほう》っておくわけにはいかない」

相楽係長が立ち上がった。

「それ、俺《おれ》が行きますよ。どうせ、痴漢か何かでしょう。荒川《あらかわ》さん、付き合ってください」

五十一歳のベテラン捜査員の荒川が「よっこらしょ」と言いながら立ち上がった。

安積は須田と顔を見合わせてから言った。

「じゃあ、俺も付き合おう」

「いいですよ。第二係に任せてください」

「いや、うちが電話を受けたんだ。様子を見に行く」

「お好きにどうぞ」

相楽たちが出入り口に向かったので、安積はそれについていった。

台場《だいば》駅の改札の手前に人だかりができている。地域課の制服の姿も見えるので、そこが現場だろう。

「だからよ。連絡先を教えろって言ってるんだ」

品のない声が聞こえてきた。

相楽がその場にいた地域課の制服を着た警察官に声をかけた。

「何事だ？」

「あれ、相楽係長ですか？」

「何だよ。俺じゃ悪いのかよ」

「いえ、電話に出られたのが須田さんだったので、てっきり安積班が来るものと……」

「安積係長なら、そこにいるよ」

「あ、第一と第二の係長がおそろいで……」

「そんなことはいいから、どうなってんの？」

「あの人、知ってます？」

地域課の係員の視線を追って、相楽が言った。

「あ、堺《さかい》わたる……」

荒川が尋ねる。

「係長、知ってる人かね?」

「アラさん、テレビ観《み》ないんですか? 最近けっこう売れてる芸人ですよ」

「芸人……? ああ、お笑いか。俺はそういうの、苦手でね」

相楽が地域課係員に尋ねた。

「堺わたるが誰《だれ》かにからまれているってことか?」

「それが、ちょっとややっこしくて……」

地域課係員が説明した。

堺わたるが、ゆりかもめの中で他人の足を踏んでしまった。踏まれた相手が「怪我《けが》をしたので治療費を払え」と言い出したのだそうだ。その人物は自分のことを「被害者」だと言っているという。

話を聞き終えると、荒川が言った。

「相手が有名人だと知って、金が取れると思ったんだろうな……」

相楽が言った。

「とにかく、ここじゃナンだから、駅務室に行こう」

堺わたるたちを事務所に連れていこうとすると、自称「被害者」がわめいた。

「何だよ。話ならここでできるだろう」

地域課の係員が相楽に言った。

「台場は無人駅ですよ。今は駅員がいないので、駅務室も使えません」

相楽が言った。

「じゃあ、どこでもいい。話ができる場所に移動するんだ」

結局、駅構内の端に行き、地域課の係員たちに野次馬が近寄らないようにさせた。

「……で？」

相楽が自称「被害者」に言った。「治療費を払えって？」

「何だよ、おまえ」

相楽が手帳を出して、官姓名を告げた。すると、「被害者」が言った。

「そうだよ。俺、足踏まれたんだよ。骨折れてるかもしれねえだろう？」

「ここまで普通に歩いてきましたよね？」

「痛《いて》えのを我慢してるんだよ」

「骨は折れてないでしょう」

「足踏まれて、怪我してるのは間違いないんだ。治療費払ってもらうからな」

安積は、堺わたるの足元を見た。スニーカーだ。これで踏まれてもたいした怪我にはならないだろう。

そう思ったが、ここは何も言わずに相楽に任せることにした。

相楽が言った。

「治療費を払うということは、損害賠償ということになりますね」

「そうだよ」

「それ、民法七〇九条なんですよね」

「それがどうした」

「警察は民事には介入できないんで……」

「何言ってるんだよ。俺、怪我したんだよ。何とかしろよ」

相楽は、堺わたるに尋ねた。

「この方の足を踏んだというのは、間違いないですか？」

「ええ、電車が揺れて、よろけたはずみで……」

「そのとき、つり革につかまっていましたか？」

「つかまっていたと思いますが……」

「はっきりしないんですか？」

「スマホ見てまして……。操作するために時々つり革から手を放していましたから……」

「被害者」が苛立《いらだ》った様子で言った。

「つり革が何だって言うんだよ。治療費を払えばいいんだよ」

相楽がこたえた。

「つり革につかまっていなかったら、過失傷害罪になる可能性がありますから……」

「被害者」が眉間《みけん》にしわを刻む。

「過失傷害罪……？」

「はい。そうなると、足を踏んだこちらの方は、逮捕されることになるかもしれません」

「おう……」

「被害者」はだんだん勢いをなくしてきた。「そいつはいいな。捕まえてくれよ」

「ただし」

相楽が言う。「過失傷害罪は親告罪です」

「だから何だっていうんだ」

「つまり、被害者の方が刑事告訴しなければ、捜査を始めることはできません。正式に告訴なさいますか？」

「待てよ。そいつが捕まったら、俺の治療費はどうなるんだ？」

「それは別問題ですね。民事だと言ったでしょう」

「金にならないんじゃ、告訴なんてしても仕方がねえな……。俺は、そいつの連絡先さえ聞ければいいんだ」

「何のために？」

「決まってるだろう。俺はこれから医者に行って診断書をもらってくる。治療費を払ってもらうためには、連絡を取り合う必要があるだろう」

荒川が言った。

「そいつはどうかねえ……」

「交通事故だって、連絡先の交換をするだろう」

　荒川がのらりくらりと言う。

「それも、ケースバイケースじゃないかねえ……」

　そのとき、堺わたるが言った。

「金なんて払うわけないじゃないか」

「被害者」が堺わたるを睨《にら》みつける。

「何だと？」

「最初から金目当てなんだろう？　そんなの、付き合ってられないよ。過失傷害だって？　だったら逮捕しろよ」

　これまでじっと耐えていたが、ついに我慢の限界がきたという体だった。

「てめえ、加害者が開き直ってんじゃねえよ」

　二人の間に、相楽が割って入る。

「じゃあ、二人とも署に来てもらうから」

　すると「被害者」が言った。

「なんで俺まで警察に行かなきゃならないんだよ」

「詳しい状況を聞かなければなりませんので。繰り返しますが、場合によっては過失傷害罪になり得ますので」

「いいよ。告訴しないって言ってるだろう」

「それでも、話を聞かなけりゃなりません」

「話ならもう充分したよ。治療費も払わない、連絡先も教えないじゃ、俺がここにいる意味はねえよ。俺は行くぜ」

相楽が念を押すように言った。

「本当に刑事告訴しないんですね？」

「しねえよ。じゃあな」

男は速歩《はやあし》で、改札から外に出ていった。

相楽は地域課の係員に確認した。

「今の男の、氏名や住所は押さえてあるな？」

「はい」

堺わたるが相楽に言った。

「あの……、足を踏んだくらいで、本当に逮捕されるんですか？」

「故意に踏んだのなら、暴行罪や傷害罪もあり得ますが、どうなんです？」

「故意じゃありませんよ。本当に電車が揺れて、俺の周りにいた人たちもよろけたんですよ」

「わかりました」

「つり革につかまっていなかったら、過失傷害罪になるって、本当ですか？」

「まあ、そういうこともあり得るという話です」

「加害者」を引かせるために、わざと大げさなことを言ったのだと、安積は思った。相楽はそういう駆け引きが得意だ。

「警察署に行かなきゃならないんですか？　これからそこのテレビ局で仕事なんですが……」

「お仕事に行ってください」

「これで終わりってことですか？」

「一件落着です」

「それはありがたいな」

「あなたのような方はお車で移動されているのだと思っていました」

「ああ、普段はマネージャーの車です。今日は車が故障していると言われまして……」

「タクシーも使わず、電車に乗ったんですね？」

「マネージャーが言うには、今日はどこもかしこも大渋滞だから、電車で行ったほうがいいと……」

「そうでしたか。いや、それは災難でしたね」

「本当に行っていいんですね？」

「はい。けっこうです」

「じゃあ、これで……」

堺わたるは、改札のほうに歩き去った。

遠巻きに集まっていた野次馬たちも次第に散っていった。

相楽が言った。

「安積係長が出てくるまでもなかったでしょう」

「いや、堺わたるが見られたんだ。来てよかった」

「あとは地域課に任せていいですね？」

「ああ。見事なさばきだったよ」

「うちの実績にはなりませんけどね」

「じゃあ、俺は署に戻る」

「自分らも戻りますよ」

安積、相楽、荒川の三人は、ゆりかもめで東京湾臨海署に戻った。


「あいつ、堺わたるだと気づいて、カモにするつもりだったんでしょうね」

廊下を歩きながら、荒川が言った。それに相楽がこたえた。

「だから、有名人は電車に乗らないでほしいね。余計な犯罪を誘発することになる」

「いやあ、でも公共交通機関ですから、乗るなとは言えないでしょう。悪いのは、金を巻き上げようとしたほうなんですから」

「恐喝罪でしょっ引きゃよかったかな……」

「財物の交付の実態がないんで起訴できませんよ」

実際に金品を受け取ったわけではないという意味だ。

「ふん。そのうち痛い目にあうさ」

安積は黙って二人のやり取りを聞いていた。


「どうでした？」

席に着くと、須田が安積に尋ねた。

「相楽が仕切ってくれた」

ふと須田は不安そうな顔になった。

「それでだいじょうぶなんですか？」

安積はうなずいた。

「だいじょうぶだと思う」

須田はそれきり何も言わなかった。

相楽班はその後、別の事案に関《かか》わり忙しそうだった。相楽も荒川も、堺わたるのことなど忘れてしまったかのようだった。

取り締まりなどそんなものだと、安積は思った。一般人にとって犯罪は非日常的な出来事だろうが、警察官にとっては日常だ。

会社員が日常の業務をこなすように、捜査や取り締まりを行うのだ。ましてや今回は犯罪者を検挙したわけではない。揉め事を調停しただけなのだ。

地域課が報告書を書くだけで、刑事組対課の記録には残らない。

そのため、相楽は本当に忘れてしまっているだろうと思っていた。だから、翌日安積のもとにやってきて、こんなことを言い出したときは驚いた。

「井岡卓也《いおかたくや》をマークしなくてだいじょうぶですか?」

「井岡卓也?」

「堺わたるにからんでいたやつです」

「その名前をどこで知ったんだ?」

「地域課に確認したんですよ。ああいうやつは、何度も同じことを繰り返しますよ」

「そうだな……。わかった。その件はうちでやっておく」

「自分らがやりましょうか?　乗りかかった船だし……」

「いや、それには及ばない」

相楽はうなずいて安積の席を離れていった。


さらにその翌日のことだ。

また相楽がやってきた。今度は、暴力犯係の真島係長を伴っていた。本当は組織犯罪対策係なのだが、署内では伝統的に今でも暴力犯係と呼ばれている。いわゆるマル暴だ。

安積は驚いて尋ねた。

「どうしたんだ?」

相楽がこたえた。

「井岡卓也のことが気になりましてね。念のために、暴力犯係に問い合わせたんですよ」

真島係長は少しばかり困ったような顔をしている。安積は言った。

「暴力犯係は、知っていたのか？」

真島係長がこたえた。

「ああ。知ってるさ。元マルBだからな」

マルBは暴力団員のことだ。

相楽が補足するように言った。

「つまり、今は堅気なんで、暴力犯係も手が出せないってことらしいです」

安積は「なるほど」と言った。

相楽が続けて言う。

「組を抜けたやつと、半グレは、マルBよりタチ悪いんですよ。暴対法に引っかからないので、やりたい放題ですよ」

安積は言った。

「たしかにそうだな」

真島係長が言う。

「現行犯ならしょっ引けるが、井岡のようなやつはなかなか尻尾《しっぽ》を出さない。都合よく俺たちの前で犯罪行為をやってくれるわけじゃない」

相楽が悔しそうに言った。

「一昨日《おととい》の一件は、いいチャンスだったんですよね」

「だが……」

安積は言った。「荒川さんが言ったとおり、財物の交付の実態がないので、逮捕は難しい」

「身柄を取っちまえば、どうにでもなったんじゃないですか?」

真島係長が言う。

「それができれば苦労はしないよ」

相楽が言った。

「暴力犯係が手を出せないのだったら、強行犯係で何とかしましょうか?」

安積はこたえた。

「そうだな。じゃあ、俺たち一係がやろう」

「自分らがやりますよ」

「いや、いい。一係の仕事だ」

相楽は肩をすくめた。

「そうですか。まあ、自分らも別に仕事を増やしたいわけじゃないんで……」

相楽は釈然としない表情のまま離れていった。

真島係長が安積に言う。

「相楽が井岡のことを訊《き》きに来たんで驚いたぞ」

「地域課から知らせがきて、俺が行こうと思ったら、自分が行くとあいつが言い出して……」

「相楽が端緒に触ったんだな」

「そういうことだ。あとは俺がうまくやっておく」

「わかった。じゃあ俺はこれで……」

「ああ、済まなかったな」

真島係長も安積の席を離れていった。

2

マンションの前に刃物を持った男がいるという通報があったのは、それから三日後のことだった。

無線を聞いた相楽が大声で言った。

「これ、堺わたるのマンションじゃないですか」

安積はこたえた。

「間違いないな」

「確かですよ。こんなときに、一係のみんなはどこに行ってるんです?」

安積班には、係長の安積しかいなかった。

相楽が言った。

「俺たちが臨場しますよ。いいですね」

「ああ、もちろんだ。俺も行く」

「安積係長はけっこうです。連絡を待っててください」

「いや、いっしょに行こう」

相楽班の捜査車両に便乗して、現場に向かった。当該マンションは、麻布十番《あざぶじゅうばん》二丁目にあった。

「あれですね」

助手席の相楽が言った。「さすがに売れっ子の芸人が住んでいるだけあって、高級そうなマンションですね」

後部座席にいる安積は黙っていた。

すでに、所轄の地域課が駆けつけているが、思ったほどの騒ぎにはなっていない。野次馬の姿も少ない。

「行ってみましょう」

相楽が車を降りた。安積は無言のまま、それに続いた。

すぐに地域課の制服を着た若い警察官が近づいてきた。

「危険ですから、近づかないでください」

所轄の麻布署の係員だろう。

相楽が手帳を出して言った。

「臨海署強行犯係の相楽だ。どんな様子なんだ?」

「現在、制圧中だと思いますが……」

「制圧中……?」

相楽が怪訝《けげん》そうな顔をした。「麻布署の署員がやっているのか?」

「いえ、自分らが来たときにはすでに、臨海署のみなさんが……」

「え……?」

相楽が混乱した様子で聞き返す。「臨海署のみんな……? いったいどこの部署が……」

そのとき、マンションのほうからわめき声が聞こえてきた。

「放せよ、ばかやろう。てめえら、汚《きたね》えぞ」

その声のほうを見て、相楽が目を丸くする。

「あれ、井岡じゃないですか」

安積は言った。

「そうだな」

井岡の両腕をつかんでいるのは、たしかに臨海署暴力犯係の連中だ。その後ろには真島係長の姿がある。

さらに、彼らに続いて姿を見せたのは、安積班の係員たちだった。

それを見た相楽は言葉を失っていた。

井岡が捜査員に挟まれ、車に乗せられる。その車両が出発すると、真島係長が近づいてきて安積に言った。

「いやあ、今回は世話になったな。おたくの黒木はすごいね。井岡が持っていた刃物を、一発で叩《たた》き落としたよ」

安積は尋ねた。

「警棒を使ったんですか？」

「そう。見事な小手打ちだ」

みんなには秘密にしているが、実は黒木は剣道五段だ。

そこに安積班の連中もやってきた。須田が興奮気味で言った。

「あ、係長。聞きました？　黒木の活躍」

「ああ、今しがた、真島係長から聞いた」

「見せたかったですよ。一撃ですよ。たったの一撃で刃物を……」

そのとき、相楽が言った。

「これは、どういうことです？」

一同が相楽のほうを見た。相楽班の面々も不思議そうに立ち尽くしている。

相楽の言葉が続いた。

「自分らは、無線を聞いてすぐに車に飛び乗ったんです。なのに、どうして一係や暴力犯係の人たちが先に現着してるんです？」

安積と真島係長は顔を見合わせていた。

相楽はさらに言う。

「自分らが現着したときには、もう制圧しているだなんて、訳がわかりません。まるで、井岡を待ち伏せしていたみたいじゃないですか」

　真島係長が言った。

「そのとおり、待ち伏せしていたんだよ」

「おっしゃることの意味がわかりません。どうして、一係や暴力犯係が、待ち伏せできたんですか？　あいつが刃物を持ってここにやってくることが、どうしてわかったんですか？」

　真島係長が安積に言った。

「まだ話していなかったんだな？」

　安積はこたえた。

「ええ。まだです」

　相楽は二人の顔を交互に見ながら尋ねた。

「話していなかったって、何のことです？」

　そこに、堺わたるが近づいてきた。

「安積さん」

　彼は言った。「もう出てきてもだいじょうぶですよね……」

「ええ。井岡は逮捕されました」

「俺、お役に立てましたよね？」

「ご協力感謝します」

「台場駅であいつを挑発したときは怖かったですよ。でも、頼まれたことだし、やらなくちゃいけないと思って……」

　安積は言った。

「よくやってくださいました」

「え、どういうこと？」

　今のやり取りを聞いて、相楽はさらに混乱した様子だった。

「協力って何？　挑発したってどういうこと？　誰に頼まれたっていうの？」

　堺わたるは安積に言った。

「え？　この人、本当に刑事さんじゃないんですか？」

「本物の刑事です」

「なのに、何も知らないんですか？」

「まだ話していなかったもので……」

「でも、台場駅では、ばっちり井岡を怒らせたじゃないですか」

「そうですね。もし、あの場で井岡を検挙しようとしたら、何が何でもそれを妨害しなければなりませんでした。相楽が民法や過失傷害について、よく知っていてくれて助かりました」

　相楽が安積に詰め寄る。

「いいかげん説明してください」

　それにこたえたのは、安積ではなく真島係長だった。

「仕込みだよ」

相楽が聞き返した。

「仕込み……？」

「そう。堺さんは我々に協力してくれて、井岡相手に芝居を打ってくれたというわけだ」

「芝居を打った……？　井岡をはめたんですか？」

「まあ、はめるというのは言葉は悪いが、そういうことだな」

「自分もだまされていたということですか？」

安積は言った。

「だまそうと思っていたわけじゃない。だが、結果的にそうなってしまったな」

「いったい、どこからが仕込みだったんですか？」

真島係長が言った。

「それを話すと長くなるな。ここで立ち話というわけにもいくまい」

安積は言った。

「署に戻って話をしますか」

相楽が言った。

「堺さんにも来てもらいますよ。証言が必要だ」

「証言って……」

真島係長が苦笑する。「俺たちは嘘《うそ》はつかないよ」

「今の今までだまされていたんですから、信用できませんよ」

「あ……」

堺わたるが言った。「じゃあ、俺の部屋にいらっしゃいませんか?」

真島係長が言った。

「お部屋に? いや、それは申し訳ないな」

「かまいませんよ。その代わり、一人暮らしなんで、お茶とか出しませんけど……」

真島係長が安積に言った。

「どうする?」

「お言葉に甘えましょう」

安積、真島、相楽の三人が、堺わたるの部屋に行った。

高級マンションなので、内装もさぞかし豪華なのだろうと思っていたら、部屋の中は意外に質素だった。

リビングルームにはダイニングテーブルと二人座りのカウチがあった。一番目立っているのは大型のテレビだった。

ダイニングテーブルには四脚の椅子《いす》があり、全員がそれに座った。

相楽が言った。

「最初からちゃんと説明してください」

彼はへそを曲げている。安積と真島係長はすっかり犯罪者扱いだ。

真島係長が言った。

「井岡のことは説明したよな?」

「ゲソ抜けしていることは聞きました。組員じゃないんで、暴力犯係は手が出せないんですよね?」

「そうだ。俺たちは主に暴対法に従って仕事をしているからな。暴対法の対象外のやつは、どんなに悪いやつでも手を出せないことがある。そこで、強行犯係に相談したというわけだ」

「自分も強行犯係なんですけどね。相談はありませんでしたよ」

「悪かったよ。のけ者にするつもりはなかったんだが、こういうことはさ、知ってる人が少ないほどいいだろう」

「本当にだますつもりはなかったんだ」

安積は言った。「地域課が連絡してきたら現場に行く。そういう段取りだったんだが……」

「須田が電話を受けましたよね」

相楽が言う。「じゃあ、自分は余計なことをしてしまったわけですね」

「いや、余計なことというか……」

そうだとは言えない。安積は言葉を濁した。

相楽が尋ねる。

「どこからが仕込みだったんですか?」

真島係長が説明を始めた。

「井岡は恐喝の前科があってな。マークしていたんだが、なかなか尻尾を出さない」

「手を出せないと言いながら、マークしていたんですね？」

「ゲソ抜けしたといっても、組のやつらと付き合いがないわけじゃない。井岡がきっかけでマルBも検挙できる可能性があるからな」

「わかりました。それで……？」

「常習犯にはパターンがある。井岡もそうだった。彼は有名人を狙《ねら》うんだ。テレビに出ているような人は金を持っているし、トラブルを表沙汰《おもてざた》にはしたがらない。恐喝にもってこいなんだ」

するると、堺わたるが言った。

「恐喝にもってこいって……。その言い方は嫌だなあ」

真島係長が堺わたるに言った。

「でも、事実なんですよ。それで、囮《おとり》になってもらったわけです」

「結果的に食いつきましたけどね」

相楽が訊いた。

「どうして堺さんだったんですか？」

「ああ、堺さんが速水と知り合いだったんで、安積係長が協力を要請したわけだ」

「速水……？　交機隊の？」

「そうなんです」

堺わたるが言った。「俺、何度かスピード違反で捕まっているんですよね」

安積は言った。

「いくら知り合いでも、危険なので協力要請すべきかどうか迷っていたんだが、速水がかまわないから、やれと……」

堺が言う。

「速水さんの口ききなら断れませんよ」

相楽の質問が続く。

「マネージャーさんの車が故障したので、電車に乗ったとおっしゃいましたね」

「あれ、嘘です。安積係長に言われて、ゆりかもめに乗ったんです」

「井岡の足を踏んで挑発したわけですよね？　でも、都合よく電車に乗り合わせたわけですか？」

安積はこたえた。

「井岡が堺さんを尾行していたんだ。恐喝するきっかけを狙っていたんだろう」

「井岡が堺さんを……？」

「仕掛けたのは、ゆりかもめの中じゃない」

真島係長が言った。「もっと前なんだ」

「そうなんです」

堺わたるが言った。「一週間ほど前から、井岡との接触を開始していたんです。最初は飲み屋でした。井岡がよく行くらしいスナックに行ってみました。そしたら、案の定、向こうから声をかけてきまして……」

「そのスナックに行くのは、誰かの指示だったんですか？」

相楽の質問に、堺わたるがこたえた。

「ええ、やはり安積係長の指示でした」

安積は言った。

「もちろん、万が一に備えて、係員を配備していた。そのスナックでは水野と桜井が張っていた」

堺わたるの言葉が続いた。

「連絡先は教えなかったんですが、尾行されたみたいですね。このマンションを知られました」

「そして、一係と暴力犯係で網を張っていたんですか？」

真島係長がこたえた。

「でも、どうして井岡が刃物を持ってやってくるってわかったんです？」

相楽が言った。

「あいつはそういうやつなんだよ。面子《メンツ》にこだわるんだ。堺さんが駅で挑発してくれたからね」

安積はその言葉を補足した。

「刃物を持ってくるかどうかはわからなかった。だが、何か仕掛けてくると思って待ち受けていたんだ」

「逮捕容疑は、銃刀法違反ですか？　もし、刃物も何も持たずに来たらどうするつもりだったんです」

相楽の問いに、真島係長がこたえた。

「いろいろあるさ。住居侵入とか不退去罪とか、いざとなれば公務執行妨害……」

安積は言った。

「暴力犯係としては、何としても現行犯で引っ張りたかったんだ」

相楽が言った。

「でも、銃刀法違反じゃ、せいぜい二年以下の懲役か三十万円以下の罰金ですよ」

真島係長が言った。

「任せておけ。この日のためにマークしていたんだ。徹底的に余罪を追及してやるよ」

「暴力犯係の執念が実ったというわけですね」

「そういうことだ。井岡みたいに悪いやつを野放しにしておいたら、警察の名がすたる」

「わかりました。井岡の件はそれでいいでしょう」

「井岡の件は……？」

相楽は、堺わたるを見て言った。

「みんなの話を総合すると、ゆりかもめの中であなたは、故意に井岡卓也の足を踏んだということですね？」

堺わたるは笑みを浮かべてこたえた。

「ええ、協力するように言われていましたから」

「それを指示したのは、誰です？」

「安積係長です」

「故意に足を踏んだとなれば、過失傷害ではなく、傷害罪か、少なくとも暴行罪ということになります。あなたを逮捕しなければなりません」

「え……」

堺わたるの顔から笑みが消えた。「でも、俺は警察に言われたから……」

その言葉を遮るように、相楽が言った。

「そして、それを指示した安積係長は教唆犯ということになります。教唆犯が、正犯の刑を科せられることを、安積係長もご存じですよね？」

真島係長が目を丸くした。

「おい、相楽。まさか、本気で言ってるんじゃないよな」

「もちろん本気です。犯罪を見逃すわけにはいきません」

「堺さんは、善意で協力してくれたんだよ。それに、安積さんは俺のためにいろいろと考えてくれて……」

「安積さんに足を踏むように指示させたのは、真島係長だということですか？」

「ああ、そうだな」

「では、真島係長も教唆犯ということになります。もし、井岡が怪我をしていたら傷害罪です。有罪になったら、けっこう食らうことになりますよ」

真島係長が安積を見て言った。

「おい、何とかしてくれよ」

堺わたるも、すっかり不安そうな顔になっている。

安積は言った。

「おい、相楽。そのへんで勘弁してくれ」

その言葉に、真島係長が「えっ」と言って相楽の顔を見た。

堺わたるもそれにつられるように、相楽のほうに眼《め》をやる。

相楽は、厳しい眼差《まなざ》しをその二人に向けた。しばしの沈黙があった。

突然、相楽が笑い出した。

真島係長が言った。

「何だよ。何笑ってるんだよ」

相楽が言った。

「だまされる者の気持ちが、少しはわかりましたか?」

真島係長は安積の顔を見た。

安積は思わず笑みを洩《も》らした。

「本気かと思ったぜ」

真島係長が言う。「相楽は融通が利かないっていう評判だからな」

「心外ですね」

相楽が言う。「融通は利きますよ。だから、お二人は自分を利用できたわけでしょう?」

安積は言った。

「そうかもしれない。俺たちはたしかに、相楽を利用した」

「自分も役に立ったということですね」

安積は言った。

「ああ、もちろんだ」


その翌日、安積は交機隊の分駐所を訪ね、速水小隊長に言った。

「堺わたるの件、うまくいった。真島係長が礼を言っていた」

「聞いたぞ。相楽を引っかけたんだって？」

「成り行き上、そうなった」

「気をつけろ。あいつ、根に持つタイプだぞ」

「そうでもないと思う」

安積は言った。「たぶんな」

雨水

1

「きれいな三日月ですよ。今日は月齢三・一ですね」

窓の外も見ないで、どうしてそんなことがわかるのだろうと、安積は思った。それを問うと、須田はこたえた。

「定点観測のユーチューブを見てるんです」

インターネットのおかげで人々の生活はずいぶんと便利になった。その便利さを犯罪者も享受している。

……というより、最も有効利用しているのが犯罪者や反社会的勢力なのではないかと、安積は思う。

どんな時代にも、悪いやつらは最先端の通信技術を利用するのだ。かつて無線は警察の最大の強みだった。携帯電話が普及して、犯罪者たちも常に連絡を取り合えるようになり、警察無線の優位性は相対的に低くなった。

闇《やみ》サイトで、バイトを募集して特殊詐欺や強盗事件を起こすやつらがいて、もうそんな話では世間は驚かなくなっている。

どんなセンセーショナルな事件も忘れ去られるのだ。だが、警察官は忘れるわけにはいかない。

大きな事件が起きてしばらくすると、警察庁から取り締まり強化や捜査の重点目標などの通達がある。世の中の人が関心をなくしはじめた事案に、警察官は力を入れることになる。

今回もそうだった。フィリピンの収容所から実行グループにＳＮＳや電話で指示を出していた強盗グループの件が、連日報道された。

警視庁本部では、まだ突き上げ捜査を続けている。突き上げ捜査というのは、末端から上へ上へと辿《たど》っていき、首謀者を突きとめようという捜査のことだ。

巧妙な犯罪グループの存在を問題視した警察庁は、強盗事件の捜査を重点目標に掲げた。

全国の警察が強盗事案に力を注ぐことになったわけだ。その一環で、警視庁がある強盗グループに注目した。

そしてそのグループが、お台場《だいば》にあるマンションの住民を強盗のターゲットにしているという情報を得たのだ。

警視庁本部からその話が東京湾臨海署に下りてきた。捜査一課は、ＳＮＳの解析によって、彼らが狙《ねら》っているマンションを特定したのだ。

その時点では、どの住民がターゲットかは不明だった。それを特定したのは、須田だった。

「生安課に特殊詐欺かもしれないと通報をしてきたご夫婦なんですよ」

須田の言葉に村雨が応じた。

「生安課の事案を、どうして刑事組対課のおまえが……」

「手が足りないから、話を聞いてくれって言われてさ……」

「生安課にか？」

「そう」

「手が足りないのは俺《おれ》たちも同じだ」

「俺、そのとき時間があったからさ。……でね、話を聞いてみると、特殊詐欺の掛け子がうまいことその夫婦から、個人情報を聞き出しているみたいなんだよね」

安積は尋ねた。

「その特殊詐欺と強盗グループがつながっているということだな？」

「最近の顕著な傾向ですよ」

安積は村雨を見て言った。

「どう思う？」

「たしかに、特殊詐欺グループは詳細な闇名簿を持っていて、それが強盗グループに流用されているようですね」

「……というか……」

桜井が言った。「特殊詐欺グループが次々と検挙されたし、なかなか稼げなくなったんで、強盗に鞍替《くらが》えしてるんですよ」

村雨がうなずいた。

「特殊詐欺やっていた連中が強盗犯になるケースは実際に少なくないようです」

「今回は、盗犯係との合同捜査だ」

安積は言った。「盗犯係にも意見を聞いてみよう」

安積は、須田と村雨を連れて、盗犯係の島へやってきた。係長の木村靖彦《きむらやすひこ》が片手を挙げて言った。

「よお、安積係長。今こっちから行こうと思ってたんだ」

木村係長は、安積よりいくつか年上の警部補だ。

「須田がターゲットの目星がついたと言うんで……」

「聞こうじゃないか」

須田が話しだした。

「ええと、皆上俊春《みなかみとしはる》さんと奥さんの時江《ときえ》さんなんですが……」

木村係長が尋ねる。

「本部が言ってきたマンションの住人か？」

「ええ、そうなんです。特殊詐欺の被害にあいそうになって通報してきたことがありまして……」

それから須田は、皆上夫妻がかなりの個人情報を特殊詐欺グループに聞き出されていること、特殊詐欺と強盗の関係などを説明した。

須田が話し終えると、安積は木村係長に尋ねた。

「どう思います？」

「決まりだな」

「断定してもいいものでしょうか。空振りは許されないので、他の可能性も考えるべきでしょう」

「他にどんな可能性がある？」

「今はありません」

「だったら、須田に賭《か》けてみてもいいんじゃないか」

「盗犯係長がそうおっしゃるなら……」

「盗っ人《ぬすと》ってのはね、昔から情報を共有するもんなんだよ。特殊詐欺グループが集めた情報を強盗が共有しているってのは、うなずける話だ」

「では、皆上夫妻に協力を求めて、張り込みましょう」

「トラップを仕掛けるんだな？　いつから始める？」

「態勢が組め次第……」

「了解だ」


須田が協力を求めに行くと、皆上夫妻は二つ返事でオーケーしたという。強盗を待ち伏せするのだから、危険があるかもしれないと告げると、皆上俊春はこう言ったそうだ。

「世のため、人のために役に立てるなら、こんな老いぼれの命なんぞくれてやるさ」

「世のため、人のため」が尊いことだと信じている世代なのだろう。いつしかこの国では、それよりも「自分のため」を重んずるようになったらしい。

個人の権利を主張しやすい世の中になったのだ。それはいいことだ。人々はそれがよりよい社会だと考えていたに違いない。

だが、いざそうなってみると、なんだか住みづらくなった気がする。そう思うのは俺だけだろうかと、安積は思う。

皆上の「世のため、人のため」という言葉のほうが肌に馴染《なじ》む気がするのだ。

まず、須田、黒木、水野の三人が、皆上宅に潜んで、強盗が現れるのを待つことにした。

敵は用心深いだろうから、事前にどこかで様子をうかがっているかもしれない。須田たち三人は別々の日に一人ずつ皆上宅を訪ねた。

まず須田が郵便局員に変装してマンションに入った。別の日に黒木と水野が、マンションの住人を装って潜入した。

安積、村雨、桜井の三人と盗犯係が外で張り込んだ。車で張り込むなどという贅沢《ぜいたく》は許されない。

寒空の下の張り込みだ。

土曜日から張り込みを始め、翌日曜日には雲行きが怪しくなってきた。

「あ、降りだしましたね。天気予報どおりだ」

桜井が空を見上げて言った。

村雨が言った。

「こいつは、けっこう積もるかもしれないな……」

イヤホンから木村係長の声が聞こえてきた。

「いやはや、この寒さはこたえるな」

安積はハンディー無線機のトークボタンを押して言った。

「まったくです」

「早く、犯人が現れてくれないものか……」

本来、無線でするような話ではない。電波の到達範囲が狭い携帯通信系だから許されるのだ。

安積同様にイヤホンで無線を聞いていた桜井が言った。

「犯人も、雪じゃやる気にならないんじゃないかなあ……」

すると、村雨が言った。

「犯罪者ってのは、驚くほど勤勉なんだ。欲望を満たすためにはどんなことだってする。雪なんぞで犯行を中止するもんか」


翌日も雪だった。

さすがに安積は、朝から憂鬱《ゆううつ》な気分になった。昨日はどんなに着込んでも、足元から寒さが染みてきた。雪が融《と》けて髪や着ているものを濡《ぬ》らし、どうにも耐えがたかった。

だからといって、張り込みを中止するわけにはいかない。昨日より一枚多く着込んで、現場に向かった。

村雨が言ったとおり、公園や歩道の脇《わき》には雪が積もっていた。車道には積もっておらず、濡れて黒々としたアスファルトと積もった白い雪のコントラストが美しい。

安積は一瞬、その光景に足を止めた。

お台場は人の営みのにおいがしない街で、どうしても好きになれなかった。アスファルトとビルの灰色の街。公園は人工的でくつろげない。

だが、そのお台場が今、一変していた。雪化粧とはよく言ったものだと、安積は思った。

雪景色に感動したせいか、前日ほどの寒さを感じなかった。

定位置に着くと、安積は木村係長と無線で連絡を取った。

「盗犯係。こちら安積。安積班は位置に着きました」

「安積係長。こちらは木村だ。何とか今日はけりをつけたいね」

「おっしゃるとおりです」

「ちょっと、そっちに行っていいかい？」

「はい」

何事だろうと思い待っていると、ほどなく木村係長がやってきた。

「退屈でな。話し相手がほしかったんだ」

「係の人がいるでしょう」

「俺はさ、安積係長と話をしたいんだよ」

「そうですか」

「かといって、話したいことがあるわけじゃないんだがな……」

安積はうなずいてから言った。

「寒くてかなわないと思っていたんですが、雪景色も悪くないですね」

「ああ、そうだな」

「俺はお台場が好きじゃないんですけど、今日のお台場はちょっといいと思います」

「お台場が好きじゃない？　臨海署の顔が何を言ってるんだ」

「俺はそんなんじゃありません」

「そう思ってるのは、あんただけだよ」

近くで聞いている村雨や桜井の顔を見たくなかった。

「今日あたり現れそうな気がします」

「強盗犯か？　そうだな。俺もそんな気がする。四人グループだったな」

「そうです」

捜査一課からグループのメンバーの顔写真も届いていた。もちろんここにいる捜査員は全員その人相を頭に叩《たた》き込《こ》んでいる。

「許せないんだよ」

ぽつりと木村係長が言った。

「許せない？」

「強盗ってのはさ、盗っ人の風上にも置けないってことだよ」

「犯罪は何でも許せませんが……」

「火付け・盗賊ってのは、江戸の昔から別物なんだよ」

「なるほど……」

「盗っ人捕まえるのが俺たち盗犯係の仕事だ。だが、それが強盗になると、あんたら強行犯係の仕事になるわけだ。だけどね。盗っ人は盗っ人だ。強行犯係の仕事だから、強盗は俺たちには関係ないとは言えないんだよ」

「盗犯係の矜持《きょうじ》ですね」

「そんな上等なもんじゃないさ。意地だね」

「意地ですか」

「そうさ。犯罪の中で一番多いのが盗犯だ。万引きや自転車泥棒から始まってスリや、空き巣狙い……」

「そうですね。だから、盗犯係はいつも忙しい」

「盗みってのはさ、ただ単に物を他人から奪うだけじゃないんだ。その物にまつわる人様の思いを奪うことにもなる。つまり、被害者は大切なものを失うことになるんだ」

「おっしゃるとおりだと思います」

「強盗はその大切なものと同時に、命まで奪いかねない。だからさ、絶対に許せないわけよ」

「ぜひとも捕まえましょう」

木村係長がうなずいたとき、桜井が言った。

「あの車、気になりませんか？」

桜井の視線を追うと、マンションから五十メートルばかり離れた車道に小型のコンテナトラックが停《と》まっている。

村雨が言った。

「いつから停まっている？」

「五分ほど前からです。なんか、いかにも宅配便らしく塗装してますが、あんなロゴやマーク見たことないですよ」

「運転席に一人だけだな」

「コンテナの中に誰《だれ》か乗っているかもしれません」

木村係長が言った。

「いよいよおいでなすったな。俺は持ち場に戻る。盗犯係はバックアップに回る」

「了解しました」

安積は無線のトークボタンを押した。

「須田、感度あるか？」

「あ、係長。ええ、聞こえています」

「マンションの近くに不審車が停まっている。動きがあるかもしれない」

「こちらはスタンバイしてます」

「わかった」

そのとき、桜井が言った。

「コンテナから人が出てきます」

安積と村雨はそちらを見た。村雨が言った。

「三人ですね」

それに桜井が応じる。

「運転席の一人と合わせて四人です。当該の強盗グループに間違いないですね」

コンテナから出てきた三人のうち一人だけが宅配業者らしい服装をしている。あとの二人は黒っぽいジャンパーにズボンだ。

桜井が言う。

「一人が宅配業者の振りをして、オートロックの玄関を開けさせる。ドアが開いたら、三人で侵入するという寸法ですね」

それを受けて村雨が言った。

「犯人側が三人、待ち受けるこちら側も三人……。これは不利ですね」

「そうだな」

安積は言った。「いくら黒木がいても、三対三は危険だ」

一人を制圧するのに最低二人は必要だ。できれば三人ほしいところだ。つまり、三人の被疑者を相手にするなら、六人ないし九人が必要ということになる。

安積は須田に連絡を取った。

「被疑者三人が部屋に向かう模様。俺たち三人も応援に向かう」

「了解」

そのとき、無線から木村の声が聞こえた。

「係長たち三人はそこにいてくれ。盗犯係が応援に行く」

それはありがたい申し出だった。安積は即座にこたえた。

「頼みます」

村雨が桜井に言った。

「俺たちは、車を押さえよう」

「職質かけますか？」

安積はこたえた。

「そうしてくれ。車を逃走に使うつもりだろう。運転手の身柄と車を押さえれば、被疑者たちは逃げられない」

村雨が「了解です」とこたえる。

安積は付け加えた。

「ただし、接近するのを見られると、仲間に連絡される危険がある。気づかれないようにしてくれ」

「任せてください」

村雨が言った。「声をかけるまで気づかれないようにしますよ」

雪がうっすらと積もりはじめた歩道に、村雨たち二人の足跡がつく。

彼らは車とはまったく別な方向に向かった。迂回《うかい》して建物の陰を利用して車に近づくのだ。

その姿を見て、村雨に言った最後の一言は余計だったかと、安積は思った。

部下を信用していないわけではないが、ついああいうことを言ってしまう。安積はいつもそれを反省する。

だが、何度も同じことを繰り返してしまうのだ。

まだ、盗犯係に動きはない。すでに、被疑者三人は、マンションの玄関に向かっている。先頭を歩く男が宅配業者の恰好《かっこう》をして、段ボールを抱えている。

後ろの二人は、絶えず周囲を見回している。まさか、盗犯係はタイミングを逸してしまうんじゃないだろうな。

無線で連絡を取ろうかと思った。だが、安積はトークボタンを押さなかった。

ここは木村係長を信じるべきだ。

宅配業者を模した小型コンテナ車の背後から、桜井が近づいた。村雨の姿はまだない。そのコンテナ車の上にもわずかだが雪が積もっている。

桜井が運転席に近づき、笑顔で話しかける。笑顔は職質の鉄則だ。桜井が運転席の男と話を始めると、村雨が姿を現してやはり車の後方から近づいた。

二人で近づくと警察官だと気づかれるからだ。やはり、あの一言は余計だったなと、安積は思っていた。二人の布陣は完璧《かんぺき》だ。

桜井の誘導で、運転席の男がドアを開けて車を下りた。路上で立ち話を始めたと思うと、いきなり男は桜井を突き飛ばして逃走を図ろうとした。

桜井は後方によろけながらも、相手の衣服をしっかりとつかんだ。こういうときにさんざん術科で鍛えた柔道が役に立つ。

男は桜井の手を振りほどこうともがいている。そこに村雨が近づいた。桜井が手を放したのと、村雨が相手に組み付いたのは同時だった。

払い腰が一閃《いっせん》。男は雪が薄く積もる路上に投げられ、あっという間に制圧された。

次の瞬間、木村係長を先頭に盗犯係がマンションに向かって駆け出すのが見えた。

2

無線で呼びかけたりしなくて本当によかったと、安積は思った。

木村係長は、応援に駆けつけるタイミングをしっかりと見計らっていたのだ。そして、それは絶妙なタイミングだった。

運転手役の男に見られたら、仲間に連絡を取られてしまう。だから、木村係長は、村雨たちがその男を制圧する瞬間を待っていたのだ。さすがは盗犯係のベテランだ。

三人の強盗犯は、無事に身柄を確保された。須田の身振り手振りを交えての説明によると、身柄確保の経緯は以下のようだったらしい。

インターホンのチャイムが鳴り、皆上時江が出た。宅配会社の配送員らしい男が「荷物のお届けです」と言った。

宅配ボックスもあるようだが、そこに入れてくれと言ったら話が終わってしまう。皆上時江は、玄関のロックを解除する。これは須田たちと打ち合わせ済みだった。

インターホンでは配達員一人しか見えなかったが、部屋までやってきたのは三人の男たちだった。

置き配を頼むこともできるが、やはりそこで話が終わってしまう。皆上時江は部屋のドアを開ける。

男たちは、無防備な年寄りだと思ったに違いないと、須田はしてやったりという顔で語った。

玄関から入ると、宅配業者を装った男は豹変《ひょうへん》した。手にしていた段ボールを投げ捨てると、その手には刃物らしいものがあったそうだ。

男が刃物を出した瞬間に、黒木が飛び出した。手にしていた警棒一振りでその刃物を叩き落とす。黒木の得意な小手打ちだ。

二人の仲間が部屋に入ろうとしていたが、それを須田と水野が制圧しようとした。だが、一人を取り逃がしそうになる。

やはり一人制圧するのに二人は必要なのだ。

そこに、木村係長以下盗犯係が駆けつける。部屋から逃げようとした男は、彼らに制圧された。

皆上夫妻の部屋にやってきた三人は、強盗未遂の現行犯逮捕。そして、車にいた運転手役は公務執行妨害の、やはり現行犯逮捕だ。

まるで講談のような須田の説明を最後まで聞いていたいが、そうもいかない。

「強盗未遂で間違いないな?」

安積が尋ねると、須田は言った。

「あ、ええ、そうです。間違いありません」

「害悪の告知はあったんだな?」

つまり、被疑者は脅しの言葉を吐いたかどうかということだ。

「俺たち全員、聞いています。宅配業者を装った男は、金を出さないと殺すと言いました」

「逮捕の時刻は?」

「午後四時三十二分です」

安積はうなずいた。

須田と水野が皆上夫妻に挨拶《あいさつ》をして部屋を出た。黒木はすでに、三人の被疑者を連行するために、盗犯係とともにマンションを出ていた。

須田が安積に言った。

「じゃあ、俺たちも下に行ってます」

須田と水野が去ると、安積も皆上夫妻に挨拶をしようと思った。

「ご協力、心から感謝いたします」

すると、皆上俊春が言った。

「いやあ、今どきあんな頼りになる警察官がいるんだねえ。感心するよ。まさに正義の味方だね」

「黒木は剣道の達人でして……。犯人が持つ刃物を叩き落としたのは、これが初めてじゃないんです」

「え？　ああ、あの颯爽《さっそう》とした刑事さんのこと？　そうじゃないよ。俺が言ってるのは、あの太ったほうの刑事だよ」

「須田ですか……」

「彼の読みは完璧だったよ。犯人が宅配業者の振りをして訪ねてくることまで予想していた。そして、その剣道の達人とやらへの指示も見事だった」

「彼はのろまだと思われることが多いのですが……」

「そんなことを言うやつの頭がのろまなんだよ」

「そうですよ」

時江が言った。「それに、あの女性刑事。たぶん、三人の中で一番落ち着いていた。あの女性刑事さんがいてくれたおかげで、私たちは安心していられたの」

安積は誇らしかった。そして、自分がほめられるよりもうれしかった。

「お二人の勇気にも敬服しました。なかなかできることではありません」

「こんな年寄りでもまだ役に立つことがあるなんてね、ありがたいことだよ」

俊春の言葉に時江がうなずく。「私たちも正義の味方よ」

世のため、人のためを思い、正義を信じるこの世代が、世の中の隅に追いやられるなんてことがあってはならない。

安積は心底からそう思った。

「須田さん、また来てくれるわよね?」

時江のこの言葉に、安積は驚いた。

「須田がここに来たのは、今日が初めてじゃないんですか?」

「警察署で会ってから、何度か訪ねてきてくれて、話し相手になってくれている」

「そうでしたか」

今回の逮捕は、須田の地道な情報収集の結果なのかもしれない。須田は単に茶飲み話に寄っただけだと言うに違いない。あいつはそういうやつだ。

「須田はまた来ますよ」

安積がそう言うと、皆上夫妻はうれしそうに笑った。


マンションの外に出ると、安積班の連中が安積を待っていた。木村係長がいっしょだった。

「取りあえず四人の身柄を署に運ぼう」

木村係長のその言葉に、安積は応じた。

「そのまま盗犯係に預けますよ」

「強盗は強行犯係の担当だぞ」

「強盗も盗っ人なんでしょう?」

木村係長は肩をすくめた。

「じゃあ、うちで預かるぜ。どうせ、捜査一課が持ってっちまうだろうがな」

それは仕方のないことだ。もともと捜査一課から下りてきた話だ。

村雨が言った。

「俺と桜井も盗犯係といっしょに署に戻ります」

盗犯係だけでは、四人の身柄を運ぶのに手が足りない。

安積はこたえた。

「そうしてくれ」

木村係長の部下と村雨たちが、被疑者を連れて車に分乗し、その場を離れていった。

いつしか雪は雨に変わっていた。日が傾くと気温が下がりそうなものだが、その日は逆に暖かくなってきたようだ。

部下は去ったが、木村係長はその場に残っていた。

安積は尋ねた。

「どうやって帰ります?」

「いつもと同じだ」

木村係長がこたえる。「徒歩かゆりかもめだな。安積係長は?」

「俺も同じです」

「すっかり冷えちまったな」

「でも、昨日ほど寒くないような気がします。雨が降って雪も解けてきましたし……」

「今日は雨水《うすい》だからな」

「うすい……？」

「ああ……」

するとと、二人の会話を聞いていた須田が言った。

「雨に水と書いて雨水です。二十四節気の一つです」

「二十四節気？　冬至《とうじ》とか大寒《だいかん》とかいうやつか？」

「そうです。雨水は二十四節気の二番目です」

「二番目？　一番目は何だ？」

「もちろん立春ですよ」

須田は「もちろん」と言ったが、それが常識なのだろうか。安積は知らなかった。

すると水野が言った。

「やっぱり須田君は変なことを知ってるわね」

水野が「変なこと」と言ってくれたので、安積は少々救われた気分になった。どうやら知らなくてもそれほど恥ずかしいことではなさそうだ。

須田の言葉を受けて、木村係長が言った。

「本来、立春が正月だ。節分の次の日から正月なんだよ。正月のことを初春っていうだろう？」

「なんだか、ぴんときませんね」

「立春の次が雨水。そして、その次が啓蟄《けいちつ》だ」

「啓蟄は知っています。冬の間土の中にいた虫が暖かくなって這《は》い出てくる季節ということですよね」

「そう。啓蟄は三月だからまさに春本番というところだ。雨水は、雪が雨に変わるということだ。今日はまさにそのとおりだな。雪融けの意味もある。つまり、冬が去るのを実感する季節ということだ」

「なるほど……」

「俺はさ、この冬が去っていくってところが好きなんだ。わかるかい？　春が来るというより、冬が去るというほうがなんだかほっとするんだよ」

「わかる気がします。辛《つら》く厳しい季節がようやく終わるということですね。耐え忍んだ先に希望が見える。そんな感じですね」

ひたむきな木村の警察官人生が想像できる。安積たちは今、マンションの玄関の庇《ひさし》の下にいて、雨が雪を融かすのを眺めている。

寒いがそこを立ち去る気になれない。木村係長の話を聞いていたいと感じていた。

「それにね」

木村係長が言った。「雨水は昔、農作業の準備を始める時期とされていたんだ。仕事が始まる。つまり、本当の一年が雨水から始まるんだ。だから、俺は雨水ってのが好きなんだよ」

仕事が始まるのが好きだというのも、木村係長らしいと安積は思った。労働は苦役ではない。辛いこともあるが、どんな仕事にも働く喜びや誇りがあるはずだ。

木村係長は、雨水の前向きな意味合いが好きなのだろう。

須田が言った。

「とはいえ、やっぱりまだまだ寒いですね」

「そのとおりだ」

木村係長が言った。「さあ、さっさと署に戻ろうぜ」

四人は雨の中を歩き出した。

それほど冷たい雨ではないと、安積は感じた。木村係長や須田から雨水の話を聞いたからだろうか。

いや、実際にそれほど冷たくはない。冬が去っていくのだと、安積は思った。


翌日は見事に晴れた。二月とはいえ、陽光は春を感じさせる。

午後になって、木村係長が強行犯第一係にやってきた。

「どうしました?」

安積が尋ねると、木村係長が言った。

「昨日逮捕した四人だけどね、どうやら連続強盗事件のグループと関係があるらしい」

「やはりそうですか」

「やつらから話が聞ければ、突き上げ捜査が進展するかもしれないって、捜査一課の連中が喜んでいた」

「それは何よりです」

「お手柄だって言われたよ。だから言っておいたよ。四人を挙げたのは、強行犯係だって」

「そんな必要はありません。盗犯係といっしょにやったことです」

「あんた、そう言うと思った。いつか、借りは返すよ」

「貸し借りの問題じゃありません」

「じゃあ恩返しだ。それでいいだろう」

「わざわざそれを言いに来てくれたのですか？」

「そうだよ。いけないか？」

「いえ。ありがとうございます」

木村係長が背を向けてから右手を挙げ、去っていった。

榊原刑事組対課長に呼ばれたのは、その日の終業時間間際だった。

「強盗犯を盗犯係に持っていかれたんだって？」

「はい」

「どうしてだ？　強盗は強行犯係が担当するはずだ」

「現場での判断です。被疑者の身柄を運ぶために割ける人数が、盗犯係のほうが多かったんです」

「それだけの理由か?」

理由がそれだけかどうか、安積本人にもわからなかった。あのとき、盗っ人は盗犯係に預けるのが正しいと思ったのだ。

「それだけです」

「その判断が正しかったと思うか?」

安積は正直にこたえた。

「わかりません」

榊原課長はあきれたような顔で溜《た》め息《いき》をついた。

「四人の逮捕で、捜査一課が喜んでいるということだ」

「その話は、盗犯係の木村係長から聞きました」

「臨海署の手柄だというので、野村署長もご機嫌だ」

「それはよかったです」

「まあ、盗犯係、強行犯係のどちらにしろ刑事組対課の実績だから、私にとってもありがたい話だが、それにしても欲のないことだ」

欲得で仕事をしているわけではない。そう思ったが、安積は何も言わずにいた。榊原課長もそれはわかっているはずだ。

「私が言いたいのはな、役割分担は守ったほうがいいということだ。伊達《だて》に分担が決まっているわけじゃない」

「わかっています。部署によって扱う法律の条文が違うということですね」

「そういうことだ」

「しかし、悪党は誰が捕まえてもいいと思います」

「わかった、わかった」

榊原課長は、右手をひらひらと振った。もう行っていいということだ。

「失礼します」

安積が踵《きびす》を返したとき、榊原課長が呼び止めた。

「ちょっと待て」

安積が振り向くと、榊原課長は言った。

「ご苦労だった」


席に戻ると須田が安積に尋ねた。

「課長に何か言われましたか?」

「ご苦労と言われた」

「被疑者四人を盗犯係に預けたこと、何か言われたんじゃないですか?」

「役割分担を守れと言われた。分担は伊達じゃないんだ、と……」

「でもあのとき、盗犯係に預けたのは正解でしたよ」

「そうかな……」

「そうですよ。制圧は俺たちがやり、身柄を運ぶのは盗犯係。立派な分担じゃないですか」

「課長は文句を言ったわけじゃないんだ。あきれていただけなんだ」

「へえ……」

「それにな」

「何です？」

「もし文句を言われたとしても、気にならなかったと思う」

「そうなんですか？」

安積はうなずいた。

「ああ。もうじき春が来るんだろう？　そう思うだけで、気分が晴れるじゃないか」

それを聞いた須田がうれしそうな顔をした。

成敗

1

午後四時過ぎに、無線が流れた。

傷害事件の通報があったという。国際展示場の近くだというから、通常ならば安積たち強行犯係にお呼びがかかり、出動となる。

だが、今回は事情が異なっていた。

村雨が言った。

「高速道路上じゃ、我々の出る幕じゃないですね」

現場は、高速湾岸線の有明《ありあけ》ジャンクションと東雲《しののめ》ジャンクションの間だという。たしかに東京湾臨海署の管轄区域内ではあるが、高速道路は縄張りが違う。

警視庁本部の高速道路交通警察隊が出動しているはずだ。

須田が言った。

「傷害事件だということですが、ドライバー同士のトラブルですかね?」

安積はこたえた。

「どうかな」

あおり運転等のトラブルは後を絶たない。かつて死亡事故につながる事案があり、道交法が改正されたり、取り締まり強化が図られたりしたが、その類《たぐい》のトラブルがなくなったわけではない。

桜井が言った。

「いずれにしろ、自分らの出番はないでしょうから、気にすることはないですね」

それに対して村雨が言う。

「出番がないとは限らない。傷害事件となれば、現場がどこであれ、あとでお呼びがかかるかもしれない」

「へえ。そうですかね。本部の交通捜査課あたりで片づけてくれるんじゃないですか？」

「共同で捜査することになるかもしれん」

そのとき、机上の警電が鳴り、安積は受話器を取った。

「はい、強行犯第一、安積」

「係長。高速湾岸線までドライブする気はないか？」

交機隊の速水小隊長だ。

「傷害の件か？」

「ああ。妨害運転があったらしい」

どうやら須田が言ったとおりのようだ。

「やはりあおり運転か。ドライバー同士のトラブルということか？」

「そのようだ。被害者は、年齢三十五歳の自称建設業。被疑者は、七十歳で無職」

一瞬、聞き違いかと思った。

「被害者と被疑者が逆なんじゃないだろうな」

「逆じゃない。七十歳の男性が三十五歳の男性を殴って怪我《けが》をさせたんだ」

「しかし……」

安積は言った。「俺《おれ》たちは出動しろとは言われていない」

「すぐに言われるさ。俺が話をしたからな」

「何だって？」

「交通捜査課の係長に知りあいがいてな。交通事故事件捜査第三係の武井弘文《たけいひろふみ》っていう警部なんだが、俺のところに電話してきたんだ」

「なぜだ？」

「知らん。交通部内で殴った殴られたの話だと、なぜか俺のところに電話が来る」

「マル走の専門家だから、想像はつくな」

マル走は暴走族のことだ。

「それで、俺は武井に言った。傷害事件なんだから、所轄の刑事課を引っ張り出せと。誰《だれ》か知っているかと言われたので、あんたの名前を出した」

課長室のほうから安積を呼ぶ声がした。

榊原課長だ。

安積は電話の向こうの速水に言った。

「課長が呼んでいる」

「臨場しろってことだろう。パトカーに乗っていくか？」

刑事はたいてい徒歩か電車で移動する。高速道路上となると、そうもいかない。

「乗せてもらえれば助かる。俺と水野で行く」

「署の前で待っている」


交機隊のパトカーのハンドルを握るのは速水だった。たいていは若い隊員が運転手のはずだが、若手は助手席にいる。

速水は運転を譲らないのだ。運転席の速水はリラックスしきっている。ハンドルさばきは実に滑らかなのだが、パトカーはサイレンを鳴らし、スリリングな走行を続けている。

安積は速水に尋ねた。

「高速道路は縄張りじゃないんだろう?」

「交機隊はどこにでも行く」

そんなはずはない。高速道路は高速道路交通警察隊、一般道は交機隊と、役割が分担されているはずだ。

だが、速水が言うとつい「そうなのかな」と思ってしまう。

「現場だ」

速水が言った。

路肩に二台の車が並んで停《と》まっている。一台は赤いハッチバック、もう一台は地味なシルバーグレーのハッチバックだ。

その前に高速道路交通警察隊のパトカーがおり、最後尾に覆面車が停まっている。その覆面車に乗ってきたのが、速水が言った交通捜査課・交通事故事件捜査係だろう。

速水は覆面車の後ろにパトカーを停めた。

車を降りると、速水が交通捜査臨場服姿の男に言った。

「武井。東京湾臨海署の安積係長を連れてきたぞ」

速水は武井を呼び捨てだった。安積たちより一階級上だが、速水は気にしないのだ。

「強行犯係の安積です。こちらは水野」

「交通事故事件捜査第三係の武井だ」

速水が付け加えるように言った。

「係の名前が長ったらしいので、俺たちは交通捜査係と呼んでいる」

安積は武井係長に尋ねた。

「七十歳の男性が三十五歳の男性を殴ったと聞きましたが、経緯は？」

「津山《つやま》士郎《しろう》・三十五歳があの赤い車を運転していた。そして、丸岡《まるおか》孝之《たかゆき》・七十歳がシルバーグレーの車だ。有明ジャンクションのあたりで、何かトラブルがあったらしく二人は車を停めた」

「高速道路上では、きわめて危険な行為ですね」

「二台とも停車すると、二人は車を降りたようだ」

「そのまま津山が暴行に及んだというのならわかるのですが……」

「俺もそう思ったよ。だが、事実は逆のようだ。津山は鼻血を出していたし、唇も切っていた」

「通報したのは津山ですか？」

「いや、丸岡のほうだ」

どうなっているのだろう。安積はそう思いながら言った。

「話を聞けますか？」

すると、武井が言った。

「高速道路上じゃなく、もっと落ち着いたところで話を聞きたい。だから、おたくを呼んだんだ」

「臨海署で話を聞くということですか？」

「そうだ」

「わかりました。二人の身柄を運んでください」

武井がうなずいた。

安積は水野に言った。

「できるだけ、情報を集めてくれ」

「了解しました」

安積は、停まっている二台の車のほうを見た。しゃんと背筋を伸ばした老人がいた。丸岡孝之だろう。そして、若い男がふてくされたように赤い車にもたれている。鼻の穴に詰め物がしてあり、顔面や衣服に血が付いていた。こちらが津山士郎だ。

何があったのか詳しく知りたい。

安積はそう思っていた。

午後五時過ぎに、丸山と津山の身柄を東京湾臨海署に運んだ。

安積と水野を署まで乗せてくると、速水は分駐所に戻っていった。

「さて、まず津山から話を聞くことにするか」

武井係長がそう言った。

もともとは交通事案だし、臨場したのは武井係長のほうが早かった。だから、彼がこの件を仕切るつもりだ。

別に異存はなかった。安積は言った。

「同席させていただけますか?」

「ああ、いいよ。共同捜査だしな」

取調室に津山を呼ぶと、水野が記録席に座った。武井係長が津山の向かい側に座り、安積はその脇《わき》に座った。武井係長は、交通捜査臨場服のままだった。

氏名、年齢、住所、職業を確認すると、武井係長は津山に尋ねた。

「なんで、高速道路上で、殴り合いが始まったんだ?」

「あのね。殴り合いじゃないから。俺、一方的に殴られたんだからね」

「そうなのか」

「そうだよ。見りゃわかんだろ」

「あんたの車が前に停まっていた。つまり、あんたが丸岡の車を無理やり停めたんじゃないのか？」

「あいつ、合流のところで幅寄せしてきやがったんだ。危険な運転してたの、あっちのほうだろう」

「それで頭に来たということか？」

「そりゃそうだろう」

「前に出て、無理やり車を停めさせたのか？」

「そんなことしてねえよ。俺が車を停めたら、ジジイも俺の後ろに停まっただけのことだ」

「高速道路上で停車するのは危険だな」

「だからよ。先に危ないことしてきたのは向こうなんだよ」

武井係長はあくまで冷静に見えた。津山の態度はほめられたものではないが、それを気にしている様子もない。

「車を停めてからどうした？」

「話をしに行ったよ。合流するときは気をつけろって……」

「それだけか？」

「ああ。ちゃんと運転できねえんなら、免許を返納しろと言ってやった。俺の言ってること、間違いじゃねえだろう」

「それから？」

「あいつ、キレたんだろうな。車を降りてきて俺を殴ったんだ」

「通報したのはあんたじゃなくて、丸岡のほうだな？」

「そうだな。俺はしていない」

「普通、殴られたほうが通報するんじゃないのか？」

「俺、殴られたショックでしばらく茫然《ぼうぜん》としていたからな。あのジジイ、殴っちまったことに自分でびびったんじゃねえの？」

「これ、有明ジャンクションの地図なんだけど、どこでどうやって幅寄せされたのか、詳しく教えてくれ」

武井係長が広げた紙を指さして津山がこたえる。

「俺がこっちから来て、ジジイの車がこう合流しようとしてきたんだ。ここで俺の車に寄ってきたんだ」

安積は脇からそれを覗《のぞ》き込んでいた。

彼が指さしているのは間違いなく合流地点だ。武井係長はそれを見て納得した様子だった。

「わかった。いろいろと手続きがあるから、ちょっと待っていてくれ」

「もういいの？」

「ああ」

それから武井係長は水野に言った。「津山さんはもういいから、丸岡を呼んで」

水野は津山を連れて取調室を出ていった。しばらくして、丸岡といっしょに戻って来た。

津山が座っていた席に丸岡を座らせ、武井係長は、先ほどと同様に、氏名、年齢、住所、職業を尋ねる。

「津山さんを殴ったんだね？」

丸岡は背をぴんと伸ばし、まっすぐ前を向いてこたえた。

「はい。殴りました」

「理由は？」

「理由は特にありません」

「理由もないのに殴ったの？」

「はい」

「それじゃあ、情状酌量の余地はないなあ」

丸岡は何も言わなかった。

「運転のトラブルがあったんじゃないの？」

「トラブル……？」

「津山さんはね、有明ジャンクションで幅寄せされたと言ってるんだ」

「そうかもしれません」

「認めるんだね？」

丸岡は繰り返した。

「そうかもしれません」

「あんたの車のほうが、津山さんの赤い車の後ろにいたわけだけど、無理やり停めさせられたんじゃないの？」

「そういうわけではありません」

「自ら路肩に停まったというの？」

「はい」

「それ、違反なんだけど、知ってる？」

「申し訳ありません」

武井係長は溜《た》め息《いき》をついた。

「津山さんは一方的に殴られたと言ってるんだが、そうなのか？」

「私は殴られておりません」

「じゃあ、傷害罪で逮捕することになるけど、いいね？」

「はい」

武井係長は安積を見て言った。

「そういうことで、いいな？」

よくはなかった。丸岡のこたえはとうてい納得できるものではない。

安積はこたえた。

「もう少し詳しく話を聞く必要があると思います」

武井係長は露骨に顔をしかめた。

「なんだよ。事情はわかっただろう?」

「どういうふうにわかったのでしょう」

「こいつが合流のときに危険な運転をした。そして津山さんが車を停めて、こいつもその後ろに車を停めた。互いに車を降りて口論になり、こいつが津山さんを殴って怪我をさせた。そういうことだろう」

「津山さんはどうして車を停めたのでしょう」

「そのまま走行していると危険だと判断したんじゃないのか?」

安積は丸岡に尋ねた。

「今彼が言ったとおりでいいですか?」

丸岡はまっすぐに前を向いたまま、ただ「はい」とこたえた。

「本当に、それが事実なのですか?」

「はい」

「おい」

武井係長が凄《すご》んだ。「なに勝手に質問してんだよ。俺が取り調べをしてるんだよ」

安積は言った。

「申し訳ありません。しかし、いろいろと確認したいことがありまして……」

「何を確認したいって言うんだ」

「まず、殴った理由です」

「話を聞いてなかったのか。理由などないと証言しただろう」

「そんなはずはないんです。高速道路で車を停めるというのは、どう考えても普通ではありません。そんな状況で暴力を振るったのです。車を停めたのにも、殴ったのにも理由があるはずです」

「口論になって、思わず手が出たんだろう」

「もし、そうだとしても、それは本人の口から聞かなければなりません。傷害罪で逮捕するなら、ちゃんと要件を満たす必要があります」

「高速道路上のトラブルだ。だから、交通捜査課で処理する。それでいいだろう」

「傷害罪で送検したら、検事に同じことを言われますよ」

「あんたがそんなことを心配することはない。あとは俺に任せておけ」

「身柄はどうするんです？」

「送検するまで勾留《こうりゅう》しておいてくれ」

「現場で現行犯逮捕したのですね？」

「そうだ」

「つまり、逮捕が十六時頃《ごろ》ということですから、送検まではまだ間がありますね」

逮捕後四十八時間以内に送検する決まりになっている。

「それがどうした」

「その間、我々で調べさせていただきますが、よろしいですね」

「何を調べると言うんだ」

「ですから、相手を殴った経緯とか……」

武井係長は安積を睨《にら》んで言った。

「俺の調べに文句があるってのか」

「文句はありません。もう少しだけ調べてみたいのです」

ふんと鼻で笑ってから武井係長が言った。

「もう高齢者の運転トラブルには飽き飽きしてるんだよ」

「高齢者の運転トラブル……？」

「そうだよ。ブレーキとアクセルを間違えて歩道に突っこんだり、逆走したり、運転中に意識が混濁したり……。危なくって仕方がない。津山さんが、免許返納しろと言ったらしいが、実のところ俺も高齢者にはそう言いたいね」

武井係長の取り調べは、どちらかというと若い津山のほうに好意的な印象があった。そういうことだったのかと、安積は思った。

彼は、最初から高齢ドライバーである丸岡にマイナスイメージを持っていたのだ。取り調べが公平ではなかった恐れがある。

「ともあれ、明後日には送検するからな」

そう言うと武井係長は席を立った。

丸岡を勾留した。

被害者である津山はすでに帰宅した。

安積は、丸岡について詳しく調べるように、水野に命じた。

水野が言った。

「何か気になることがあるんですか？」

「ある」

「何です？」

「丸岡の態度だ」

2

津山の供述にも腑《ふ》に落ちない点があり、彼に再び東京湾臨海署に足を運んでもらった。

「何すか、聞きたいことって」

「有明ジャンクションでのことを、詳しくうかがいたいのです」

「もう話したじゃない。ジジイの危険運転だよ」

「合流するときに、幅寄せされたというのですね？」

「そうだよ」

「合流しようとしたときに、譲らないと幅寄せされたような形になりますね」

「何だよ。俺が道を譲らなかったたって言いたいのかよ」

「ドライブレコーダーは付けていますか?」

「付けてないよ。もっとも付けていても、そんなもの見せるつもりはねえけどな。俺、被害者だぜ」

「車の停まり方がどうしても気になるんです」

「停まり方?」

「あなたの車が前で丸岡さんの車が後ろでした」

「それが何か?」

「高速道路で停車するのは、とても危険なので、普通ではそういうことは起こりません。過去の例を見ると、前方に出た車が無理やり後ろの車を停車させた場合が多いようです」

「ざけんじゃねえよ。俺、被害者だって言ってんだろう。殴られて怪我してんだよ。唇が切れてるの、見えねえのかよ」

「丸岡さんがあなたを殴ったことは確かなようです」

「だったら、俺に訊《き》くことなんて、もうねえだろう。さっさとジジイを刑務所にぶち込めよ」

「そうなった経緯と理由を知りたいのです」

「そうなった?」

「丸岡さんがあなたを殴るに至った経緯と理由です」

「だからよ。何度も言ってるだろう。あいつが危険運転をして俺が車を停めたら、あいつが降りてきて殴ってきたんだ」

「普通はそういうことは起きないんです。ですから、ドライブレコーダーの映像などの確かな証拠がほしいのです」

「あの制服着た人はそんなこと言ってなかった」

武井係長のことだ。

「そうですね」

「あの人のほうが偉いんだろう?」

「階級は彼のほうが上ですが、私は彼の部下ではありません。部署が違います」

「とにかく、俺はもう話すことはねえよ。帰っていいだろう」

任意で来てもらったのだから、帰りたいと言われてだめとは言えない。安積がうなずくと、津山は席を立った。


強行犯第一係の席に戻ると、水野がやってきて告げた。

「丸岡は、現在一人暮らしで、知人がいる船橋《ふなばし》市に向かっていたようですね」

「知人……?」

「何でも、かつて空手をいっしょにやっていた仲間だそうです」

「空手だって?」

「はい。その知人に確認したところ、丸岡は空手の黒帯を持っているということでした。五段だそうです」

話を聞いていた須田が目を丸くした。

「五段？　それはすごいですね」

安積はうなずいた。

「初段や二段はざらにいるが、五段となるとそうはいない」

水野が言った。

「空手の有段者が暴力を振るったとなると、ちょっと面倒なことになりませんか？」

それに対して、須田が言った。

「どうしてさ。空手の段位やボクシングのプロライセンスを持っていると、警察に届けなければならないなんていう都市伝説を信じているわけじゃないだろうね」

安積は言った。

「たしかに、そういう都市伝説があるな。空手の有段者が喧嘩《けんか》をすると罪が重くなるとか……」

「ナンセンスですよね。空手の黒帯だろうが、そうでなかろうが、人を殴ったら暴行罪で、怪我をさせたら傷害罪ですよ。黒帯は関係ありません」

水野が言った。

「でも、検察官や裁判官の心証は悪くなるでしょう」

須田がこたえる。

「もし、有段者だからって罪が重くなったりしたら、そのほうが問題だよ。それ、不当な量刑だからね」

「須田の言うとおりだ。武道の有段者やプロボクサーだからって、罪が重くなったりするわけじゃない。しかし……」

水野が尋ねた。

「しかし、何です?」

「丸岡が空手五段というのは、事件と無関係ではない気がする」

「どういうことですか?」

「それは、本人から聞いてみないとな」

水野と須田が、怪訝《けげん》そうに顔を見合わせた。


留置されていた丸岡を取調室に連れて来させ、安積は改めて話を聞くことにした。記録席には水野がいる。

丸岡は相変わらず、背を伸ばしまっすぐ前を見ている。

安積は彼の正面に座って言った。

「前回の取り調べでの話に納得できません」

丸岡は何も言わない。安積は言葉を続けた。

「私には、あなたが津山さんに無理やり車を停めさせられたようにしか見えないのです」

丸岡は無言のままだ。目を合わせようとせず、安積の頭上数十センチのあたりに視線を向けている。

「私は事実を知りたいんです」

するると、丸岡が言った。

「私があの若いのを殴った。事実はそれだけです」

「それに至るまでのことを知りたいのです」

「あの警察官が言ったとおりです」

彼は武井係長が考えた筋書きを認めると言っているのだ。

「あなたの車にはドライブレコーダーが付いていますね」

「任意保険に必要だとか言って、ディーラーが勝手に付けました」

「係員がそれを調べましたが、データカードが装着されていなかったということです。データカードはどこにありますか」

「普段気にしたことがないのでわかりません」

「事件の後に抜き取ったのではないですか?」

「なぜ私がそんなことをしなければならないのです?」

「それが知りたいのです」

丸岡がまた口を閉ざしそうになった。

安積は言った。

「空手五段だそうですね」

「はい」

「武道家がみだりに暴力を振るってはいけないのではないですか?」

「おっしゃるとおりだと思います」

「では、なぜ津山さんを殴ったのでしょう」

「理由はないと申し上げたはずです」

「ドライブレコーダーのデータカードをお持ちですね? それを渡していただけませんか?」

「持っていません」

「あなたは逮捕されました。ですから、私たちはデータカードを強制的に取り上げることができます。しかし、できれば、提供していただきたいのです」

丸岡はしばらく考えていた。

やがて、彼は言った。

「財布の中に入っています」

安積は水野にうなずきかけた。水野は内線電話をかけた。


「あおり運転をしたのは、津山のほうだって?」

電話の向こうで、武井係長がむっとした声で言った。

「はい」

安積はこたえた。「丸岡の車のドライブレコーダーの映像から、それが明らかになりました」

津山の赤い車が丸岡の車を追い抜き、運転を妨害して無理やり停車させた様子がはっきりと映っていたのだ。

「間違いじゃないんだな？」

「ジャンクションの合流でちょっとしたトラブルがあったのは事実のようです。それに腹を立てた津山が、あおり運転を繰り返した挙げ句に、無理やり停車させたというわけです」

「妨害運転をしたのは、津山のほうだったということか」

「そのほうが筋が通ります」

「じゃあ、何で津山は殴られたんだ？」

「それをこれから丸岡に訊いてみようと思います」

「おい、こっちはもう送検の準備を整えているんだぞ」

「話を聞いたほうがいいと思いませんか？」

舌打ちと溜め息が聞こえた。

「わかった。これから向かう」

丸岡の正面には安積が座っていた。武井係長がその脇だ。前回とは逆の位置だった。

安積は、ドライブレコーダーの映像を見せた上で、津山のあおり運転について、丸岡に確認した。

「映像のとおりです」

丸岡がこたえると、安積はさらに尋ねた。

「二人の車が停まってから、何があったのですか？」

「あの男が車を降りて、何事か怒鳴りながら私の車のほうにやってきました」

「それで……？」

「私も車を降りました」

丸岡がそうこたえると、武井係長が横から口を出した。

「そういうときは、ドアロックをして車の中から一一〇番するもんだよ」

丸岡が武井係長を見て言った。

「ああいう身勝手で暴力的な男が許せなかったのです」

「あんたも暴力を振るったよね？」

「あいつは私に暴言を吐きつつ詰め寄ってきました。私が黙って見返していると、彼はますます興奮し、私につかみかかってきたのです。私はそれを払いのけました。すると今度はあいつが殴りかかってきました」

「先に手を出したのは津山さんだということ？」

丸岡は一瞬間を置いてから言った。

「どちらが先に手を出したかは問題ではありません。あいつが殴りかかってきたときに、反射的に手が出ていました。これは、武道家として恥ずべきことです。ですから、私は罰を受けようと思いました」

安積は尋ねた。

「それで、津山さんの証言に対して異議を唱えなかったのですね？」

「殴ったことは事実です。これまで何のために修行をしてきたのかと、反省をしました」

「津山さんが近づいてきたとき、車を降りたのはどうしてですか？」

丸岡は安積をまっすぐに見てこたえた。

「成敗しようと思ったのです」

「成敗……？」

「いつになっても、ああいう暴力で他人に迷惑をかけるやつはいなくなりません。そして、最近では、暴力を否定するあまり、力によって理不尽な暴力に対抗することさえいけないことだという風潮になっています。私は、悪いやつは成敗しなければならないと思っています」

「なるほど……」

安積がうなずくと、武井係長が言った。

「津山さんが先に手を出したっていう証拠はあるの？」

その質問にこたえたのは安積だった。

「それもドライブレコーダーに映っていました。事実は、今丸岡さんがおっしゃったとおりです」

武井係長はすっかり白けた表情だった。

「しかし、傷害は傷害だ」

「正当防衛が成立すると思います。あるいは……」

「あるいは？」

「喧嘩両成敗ですかね」

「空手の有段者と言わなかったか？　だとしたら、拳《こぶし》は凶器なんじゃないのか？」

「ばかなことを言わないでください。素手は素手です。凶器などではあり得ません」

丸岡が繰り返した。

「私は罰を受けるつもりです。あのような者は成敗しなければならないと思いましたし、手を出したのも事実です」

安積は武井係長に言った。

「妨害運転をしたのは津山のほうでした。そして、先に手を出したのも……。道交法違反と暴行罪で逮捕すべきでしょう」

武井係長は、悔しそうな顔で言った。

「ドラレコの映像があるんだから、そうするしかないな」

彼は席を立った。取調室を出ていこうとする武井係長に、安積は言った。

「高齢者ドライバーは増える一方です。目の仇《かたき》にするんじゃなく、彼らを守る方策を考えるべきじゃないですか」

武井係長は何も言わず部屋を出ていった。

3

安積は、署内に同居している交機隊の分駐所に、速水小隊長を訪ねた。

「例の件が片づいた」

「おう、そうらしいな。武井をやっつけたんだって?」

「被害を訴えた津山も許せなかったが、武井係長のやり方も見過ごすわけにはいかないと思った」

「二人とも、あんたを敵に回したのが間違いだな。武井にはいい薬になっただろう」

「成敗するつもりだったと言った」

「傷害の被疑者だった老人か?」

「丸岡という人だ。空手五段だそうだ」

「そりゃたいしたもんだ」

「成敗なんて言葉、久しぶりに聞いた気がする」

「俺たちが子供の頃や若い頃は、暴力が今ほど否定されていなかったように思う。学校じゃ、先生に殴られたし、先輩にも殴られた。番長が日本中の不良を統一するなんて漫画もあった」

「そうだな」

安積は言った。「桃太郎や一寸法師は鬼退治をする。力による制圧だ。一九六〇年代の終わり、学生たちは正しい政治形態を求めて戦おうとしていた。暴力による革命なんてことが堂々と論じられていた」

「正義の味方は、悪党を徹底的にやっつけていた。それが今じゃ、誰も戦わなくなった。知ってるか？　幼稚園の運動会で一等賞を決めちゃいけないんだそうだ。そんな競争すらだめだという。日本はいつからこんな腑抜けた国になったんだ？　誰も戦わないから、誰かを殺してみたかったなんていうふざけたやつが、無差別に他人を殺傷するのを許しているわけだ」

「おまえなら、そう言うだろうと思っていた」

「暴力がいいと言ってるわけじゃない。理不尽な暴力とは戦わなけりゃならないんだ」

「自警団は許されない」

「当たり前だ」

「だが、俺は成敗という言葉を聞いて、今の世の中に足りないものがわかったような気がした」

「心配するなよ、係長」

「え……？」

「あんたは、いつも戦っている」

丸岡は送検されたが、安積はその際に「正当防衛が成立すると思料する」という意見書を添えていた。

それが功を奏したのか、丸岡は不起訴となった。

一方の津山は、妨害運転で起訴された。

改正道交法による高速自動車国道等における著しく危険な妨害運転の罰則は五年以下の懲役または百万円以下の罰金だ。

有罪になったとしても、津山のような人物は果たして反省するだろうか。安積は考えた。

どんなに罰せられても犯罪を繰り返す連中がいる。あるいは、法の網をくぐり抜けて反社会的な行為を続けている者もいる。

暴力で周囲に迷惑をかける者、力で他人を支配しようとする者。

そういう連中は世の中から決していなくならない。

誰も立ち向かわなければ、彼らは増長するだけだ。だが、一般人が逆らうと怪我をしたり殺されたりする恐れがある。

だから、警察があるのだと安積は思う。

「私、丸岡さんから空手を習おうかしら」

ある日の午後、水野が突然そんなことを言い出した。

すると須田が言った。

「え？　おまえ、それ以上強くなってどうするの？」

水野はこたえた。

「強ければ強いほどいい」

「へえ」

「強いほど、他人を受《う》け容《い》れて許せるようになるでしょう」

名言だと安積は思った。

夏雲

1

まだ梅雨《つゆ》は明けていないはずだが、ここ何日か晴天が続いている。南を見ると、白い積雲が見える。

今日は暑くなりそうだと思っていると桜井の声がした。

「暴行罪……？」

安積は桜井のほうを見て、それから村雨と顔を見合わせた。

桜井が電話を切るのを待って、安積は言った。

「暴行罪だって？」

「はい。地域課からなんですが……」

村雨が言った。

「地域課が臨場したんだな？」

「飲食店でしつこいクレームをつける客がいて、従業員が警察を呼んだんです」

「ああ、たしかそんな無線が流れたな……。それで……？」

「そのクレーマー、今度は駆けつけた地域課係員たちに食ってかかったそうです」

「食ってかかった……？」

「ええ。携帯電話で動画を撮りながら、係員に対して挑発するような言動を続けたんだとか

「……」

「そのクレーマーが暴行をはたらいたということか。暴言だけじゃ済まなくなって、手を出したんだな？」

「それが、どうもそうじゃないらしいんです」

村雨が尋ねた。

「じゃあ、どういうことなんだ？」

「そのクレーマーが、暴行を受けたと訴えているらしいんです」

安積と村雨は、再び顔を見合わせた。

安積は尋ねた。

「誰《だれ》に暴行を受けたんだ？」

「地域課係員です。巡査部長と巡査が駆けつけたんですが、どうやら巡査部長のほうが手を出したらしく」

最悪だと、安積は思った。

警察官が一般市民に手を出したら、言い訳はできない。

村雨が言った。

「携帯電話で動画を撮っていたと言ったな？」

桜井がこたえる。

「どうやらそのようです。クレーマーは、動かぬ証拠があると言っているらしいです」

それまで無言で話を聞いていた須田が言った。

「動かぬ証拠って、動くから動画なんだろう?」

おそらく冗談なのだろうが、この状況では笑う気にはなれない。安積は、さらに桜井に尋ねた。

「それで、その地域課係員たちはどうしているんだ?」

「被害届を出すために、クレーマーといっしょに署に戻っているということです」

村雨が眉《まゆ》をひそめて言う。

「……つまり、その巡査部長は、自分に対する被害届を作成して提出するということか?」

「そういうことになりますね」

「巡査部長が、暴行罪で訴えられるということなんだな?」

「はい」

村雨が安積に言った。

「暴行罪となれば、強行犯係の仕事です。その巡査部長を逮捕することになるかもしれませんね」

彼の言うとおりだが、安積は気分が沈んだ。暴力を振るって訴えられたとなれば、その警察官は無事では済まない。

起訴を免れたとしても、クビが飛ぶだろう。

安積は言った。

「とにかく、事情を聞きたい」

桜井が安積に尋ねた。

「刑事課に呼びますか?」

正式には刑事組織犯罪対策課というのだが、長すぎて誰も正式な名称を言わない。たいていは刑事組対課、あるいは昔ながらに刑事課と呼ばれている。

安積はこたえた。

「まずは、巡査部長から話を聞こう」

「わかりました」

「取調室はだめだぞ」

できるだけ相手にプレッシャーを与えたくない。一般市民とのトラブルで訴えられたとなれば、心穏やかではないはずだ。

「小会議室を用意します」

安積はうなずいた。


「地域課地域第二係の蔵田《くらた》英一《えいいち》巡査部長です」

彼は立ち上がり気をつけをしていた。安積は向かい側に腰を下ろすと言った。

「座ってくれ」

「はい」

着席しても、蔵田巡査部長は背筋をぴんと伸ばしていた。年齢は三十代半ばだ。交番では指導的な立場だろうと、安積は思った。

「一一〇番通報があったんだね？」

「はい。無線を聞いて、すぐにペアと二人で現場に向かいました」

「ペアの官姓名は？」

「岡崎《おかざき》利恵《りえ》巡査です」

最近女性警察官も増えている。

「飲食店で客が従業員にクレームをつけていたということだが……」

「警察が法的な措置を取るような事案ではないと思料いたしました」

「その客は何を言っていたんだ？」

「水を持ってこいと……」

「飲食店では、当たり前の要求じゃないか」

「その店には、ウォーターサーバーがあり、水はセルフサービスになっているのです。その旨を伝えたら、態度がなっていないと言い出したと、従業員が証言しています」

「従業員に失礼な態度はなかったのか？」

「それについては自分には判断しかねます。その現場を目撃しておりませんので……。ただ……」

「ただ？」

「その客は、苦情を言う間、ずっとスマホで動画を撮っていたそうです」

安積はうんざりした気分になった。

「ユーチューバーか？」

「ユーチューブにチャンネルを持っているかどうかは、まだ確認しておりませんが、ＳＮＳなどにアップすることを目的に動画を撮っていたことは充分に考えられます」

「それから……？」

「自分は、撮影をやめるように注意をしました。了承を得ないで撮影をすると、肖像権の侵害になることも告知しました」

「店の従業員は、撮影を了承していなかったんだな？」

「了承しておりませんでした」

そこまでは、蔵田巡査部長の対応に問題はないと、安積は思った。精査すればどこかに落ち度があるかもしれないが、安積は気づかなかった。

「客はその注意に従ったのか？」

それまではきはきと返答をしていた蔵田が、一瞬言い淀《よど》んだ。

「自分の注意の仕方が悪かったのかもしれません。そして、対応を誤ったようです。その客は自分を訴えると言い出しました」

「訴えられるようなことをしたのか？」

「訴えると言われたら、それをなかったことにすることはできません。さらに、その人物は、暴行の被害届を出すと言いました」

「被害届か……」

暴行罪は親告罪ではないので、訴えがなくても立件されることがある。被害届があれば、その可能性はかなり大きくなるのだ。

「警察官はそれを拒否することはできません。自分はその場で被害届を受け付け、それを上司に提出しました」

「上司の官姓名は？」

「中島貞之《なかじまさだゆき》警部補です」

安積は中島を知っていた。一歳年下の係長だ。その届けをどうしたのか確認する必要があると、安積は思った。

「届けを出した人物の身柄は？」

「被害を口頭で訴えたいと言うので、署まで運びました」

「今どこに？」

「地域課にいると思います」

「その人物の氏名は？」

「川島博司《かわしまひろし》、二十八歳です」

安積は、これまでの話を頭の中で吟味した。

「暴行の被害届を出すということは、君が川島さんに暴力を振るったということだな」

「川島さんは、そう主張しております」

「事実はどうなんだ?」

再び、言い淀む。

「被害届には、そのように記載しました」

「そのようにというのは?」

「私、川島博司は、蔵田英一巡査部長から携帯電話を保持している右手を殴打され、さらに、暴力を以《もっ》て携帯電話を奪われそうになりました……。被害届にはそのように記述しました」

「川島さんがそう主張したので、それを記録したということだね?」

「そうです」

被害届というのは、そういうものだ。記録する警察官の意向を差し挟むことはできない。

安積は再び、しばらく考えてから言った。

「警察官は、いかなる場合でも一般市民に暴力を振るってはいけない」

「はい。心得ております」

「心得ているのに、どうして被害届を出されるようなことになったんだ?」

「申し訳ありません」

蔵田巡査部長は、着席したまま頭を下げた。

「俺《おれ》は君の上司じゃないから、別に謝らなくてもいい。事実をちゃんと知りたいだけだ」

刑事が犯人を確保するときや、警備部がテロ犯を制圧するときには、徹底的な強行手段を取る。

警察官はそのための訓練を積んでいる。だが、それは相手の犯罪性が明らかな場合で、一般市民に対しては、絶対に手を出してはいけない。

刑事が被疑者を取り調べる際に、相当荒っぽい態度を取る者もいるが、物理的には指一本触れてはいけないことになっている。

安積は、最後に尋ねた。

「申し開きはあるか？」

蔵田巡査部長は即座にこたえた。

「いいえ。ありません」

こいつは、クビを覚悟しているな。

安積はそう思った。


蔵田巡査部長を退出させ、代わりにペアの岡崎巡査を呼ぶように言った。

しばらくするとノックの音が聞こえた。

「入りなさい」

安積が言うと、地域課の制服姿の女性警察官が入室してきた。彼女は、顔を紅潮させており、思い詰めたような表情をしていた。

腹を立てているのかもしれない。

安積の向かい側に直立すると、官姓名を述べた。

着席させると、安積は経緯を尋ねた。

携帯電話での撮影をやめるようにと注意したところまでは、蔵田巡査部長の供述とほぼ一致していた。

問題はその後だった。

「蔵田部長が何度注意しても、男は撮影をやめようとしませんでした。それだけじゃないんです。彼は携帯電話のレンズを私たちに向けたんです」

安積は確認した。

「川島さんが携帯のカメラを君たちのほうに向けたということだね？」

「はい、そして、私たちを挑発するようなことを言いだしました」

「挑発……？」

「わざと怒らせて、手を出させようとしているようでした。それを撮影して、ネットにアップするつもりだったんだと思います」

そのような映像がネット上にいくつもあることは、安積も承知していた。映像を撮影している者たちは、警察官が決して手を出さないことを知っているから、やりたい放題だ。

ただし、自分たちが暴力を振るったりすると、すぐに現行犯逮捕されるので、もっぱら警察官を揶揄《やゆ》したり、岡崎巡査が言うとおり、挑発したりを繰り返すのだ。

「そんなことになったら、君たちは懲戒処分だ」

「はい。心得ておりますが……」

「警察官が挑発になど乗ってはいけない」

「それも心得ております」

「蔵田巡査部長は、その挑発に乗って手を出してしまったということなのだろう？」

「それは違います」

「どう違うんだ？」

岡崎巡査は、眼《め》を伏せた。しばらく沈黙が続く。

安積は言った。

「事実をちゃんと説明してくれないと困る。訴えと被害届が出ているからには、我々は立件しなければならない。何が起きたのかを正確に把握する必要があるんだ。それはわかるな？」

「わかります」

「違うというのは、蔵田巡査部長が挑発に乗ったわけではないということか？」

岡崎巡査は、顔を上げて安積を見た。

「男は、私に対して中傷を繰り返しました」

「どのような中傷を？」

「おまえのようなブスは、警察官になるしかないよなあ。女性警察官は飯食うくらいしか楽しみがないだろうから、そうやってでぶになるんだ。そのようなことを言われました」

安積は、そっと溜《た》め息《いき》をついた。

「君はそれに耐えていたんだね？」

「耐えました。手を出すことはできませんから……」

「しかし、蔵田巡査部長のほうはそれに耐えられなかったというわけだ」

岡崎巡査は慌てた様子で言った。

「あ、でも部長は殴ったりはしていません。携帯電話のレンズを手で遮ろうとしたんだと思います」

「だが、川島さんは、手を殴打されたと言っている」

「でも……」

岡崎巡査の顔がますます赤くなった。「部長は、殴ってないんです」

同僚の証言をどの程度考慮すればいいだろう。安積は考えていた。もしかすると、岡崎巡査が言っていることは事実なのかもしれない。だが、その信憑性《しんぴょうせい》を受《う》け容《い》れる者はそれほど多くはないだろう。

もし起訴ということになれば、検察官は何が何でも蔵田巡査部長を断罪しようとするだろう。その際に、近しい同僚である岡崎巡査の証言を聞き入れるとは思えない。

安積は質問を続けた。

「川島さんは動画を撮影していたのだな？」

「はい」

「その動画を解析すれば、蔵田巡査部長が暴力を振るったのかどうか明らかになるはずだ。その動画はどこにある？」

「川島が持っていると思います。提出を拒んでいましたから……」

川島は被害者だ。だから、彼の意に反して動画の提出を求めることはできない。被疑者や加害者であっても、令状がなければ無理だ。

「わかった。他に何か言っておくことはあるか?」

「私たちは何も悪いことはしていません。中傷や暴言を我慢していただけです。なのに、店の従業員に嫌がらせをしていた川島が被害者で、蔵田部長が被疑者というのは、どうしても納得できません」

「警察官の仕事はそういうものだ」

安積は言った。「改めて肝に銘じておくんだな」


安積はいったん席に戻った。すると、村雨が言った。

「どんな様子ですか?」

「被害届が出された」

村雨は顔をしかめた。その意味をよく理解しているのだ。

「じゃあ、立件するんですか? 暴行罪で逮捕されるようなことがあれば、その地域課係員のクビが飛びますね」

起訴されて有罪にならなければ、犯罪者ではない。だが、不祥事を起こした警察官は判決や処分を待たずに辞職する。

村雨が言うとおり、暴行罪での立件ということになれば、蔵田巡査部長は警察を辞めるだろう。

岡崎巡査も同時に辞めるかもしれない。

「何とかそれは避けたいものだが……」

「被害者と示談が成立していれば、不起訴や起訴猶予もあり得ますが……」

「それでも、辞職するだろうな」

「その地域課係員を逮捕しますか？」

安積はしばらく考えてから言った。

「もうしばらく調べてみたい。被害届を出した人物が、動画を撮影していたらしい。その動画には事実が映っているはずだ」

「その動画はどこにあるんです？」

「提出を拒否しているという」

「被害者がですか？」

「そういうことだ」

「そいつは妙ですね。被害届を出しているんでしょう？　たしか被害者は、その動画が動かぬ証拠だと言っていたんですよね？　その証拠の提出をどうして拒否するんです？」

「さあな。俺にはわからない」

するど、話を聞いていた須田が言った。

「証拠として警察に押収されると、ＳＮＳにアップできなくなると考えているんじゃないですか？」

村雨が怪訝《けげん》そうに言った。

「被害を証明することより、ＳＮＳにアップすることが重要なのか？」

「どうも、その被害者はそういうタイプのようだ。もともとクレーマーなんだろう？　地域課係員に絡んだのも、面白い動画が撮りたいからなんだよ」

村雨はあきれた顔になった。

「地域課係員は、そんなやつに手を出したというのか？」

須田がこたえる。

「さんざん挑発したんだろう」

村雨が眼を伏せてかぶりを振った。

「警察官が挑発に乗ってどうする」

「警察官を笑い者にするための動画を撮ることが目的だからね。ぶち切れるのもわかるなあ……」

安積は言った。

「暴行罪となれば、我々強行犯係の事案だ。調べを進めよう。とにかく、被害届を出した人物にも話を聞いてみよう」

2

地域課にいるという川島を、桜井が探しにいった。十五分後に戻ってきた桜井が言った。

「地域課で、俺は警察官に暴行を受けたんだとゴネてました。先ほど、係長が使われた会議室で待たせています」

「行ってみよう。おまえには記録係を頼む」

「了解しました」

会議室に行くと、若い男がだらしのない恰好《かっこう》で椅子《いす》に腰かけていた。挑戦的な眼をしている。常に相手の欠点や弱点を探しているような眼だ。

安積は彼の正面に座り、桜井はその横でパソコンを開いた。

安積は相手の氏名・年齢・住所・職業を尋ねた。川島はすらすらとそれにこたえた。

「地域課係員を訴えて、被害届を出されたそうですね？」

「そうだよ。だから、俺は被害者なんだ。どうしてこんなところで取り調べを受けているわけ？」

「取り調べではありません。事情をうかがいたいのです。我々は強行犯係です。暴行罪となれば、我々が捜査することになります」

「あ、そう。じゃあ、早いとこ、あの警察官を逮捕してよ」

「立件するには、出来事の経緯を明らかにしなければなりません」

「あの警察官に聞けばいいだろう」

「聞きました」

「じゃあ、もういいだろう」

「被害者の方からも、詳しく事情を聞く必要があります。でないと、有罪の際に量刑を決められません」

「俺が飲食店の従業員に注意をしていたら、あの警察官たちがやってきて、圧力をかけようとしたんだ」

「圧力をかけようとした……？」

「そう。はなから俺を悪者扱いしたんだ」

「具体的にはどういうことがあったのでしょう？」

「俺はね、店の従業員と双方の言い分が記録に残るように動画を撮っていたんだ。すると、警察官は、それが気に入らなかったらしい」

「飲食店の従業員に動画を撮る了承を取ったのですか？」

「だからね、あの警察官も同じことを言うわけよ。肖像権の侵害だとかね。別に俺、動画を悪用するつもりなんてないから。記録だからさ」

「無断で撮影するだけでも、肖像権の侵害になることがあります。地域課係員の言ったことは間違いではありません」

「だから、俺、従業員の撮影はやめたよ」

「代わりに、地域課係員たちを撮影しはじめたのですね？」

「それも記録。だって、違法な検挙とか怖いでしょう」

「被害届には、地域課係員に殴打されたと書かれていたそうですが……」

「そうだよ。携帯を持っていた俺の手を殴ったんだ。携帯を叩《はた》き落《お》とそうとしたんじゃない？　これって、立派な暴行罪だよね」

安積はうなずいた。

「その話が本当だとしたら、暴行罪が成立するでしょう」

「本当だとしたら？　なに？　俺を疑ってるわけ？　ははあ……。身内をかばうんだな。あの警察官の罪をもみ消そうっていうんだろう。俺ね、そうゆうの許さないから。徹底的に戦うから」

「かばうつもりも罪をもみ消すつもりもありません。罪を立証するためにも、あなたが撮影された動画が必要なんです」

「そうやって、動画を取り上げて、証拠湮滅《いんめつ》するんじゃないの？」

「事実を正確に把握したいのです。でなければ、暴行罪を立件することができないかもしれません」

「あ、語るに落ちたね。事件にするつもりはないんだ。やっぱり罪をもみ消すんじゃないの？」

「そうしないために動画が必要なのです。それとも……」

安積は一呼吸間を置いた。「我々に見られるとまずいことでもあるんですか？」

「まずいことなんて、あるわけないでしょう。一部始終記録に残っているよ。俺の手が殴られているところも、ちゃんと映っている」

「だったら、その動画を提供してください」

川島はしばらく何事か考えている様子だった。ひどく狡猾《こうかつ》そうな表情だ。それを見ながら、安積は考えていた。

最近、こういう若者が増えているような気がする。ネット社会で有名になる人物にはある共通点がある。他人を見下し、自分が常に優位であることを証明しようとするのだ。

若者はそういう態度が正しいものだと、ネット上で学んでしまうのではないだろうか。

いや、それは偏見かもしれないと、安積は思い直した。

常に他人を嘲笑《ちょうしょう》しようとする者はいつの時代にもいた。そういう若者が気になるのは、自分が年を取りつつあるからかもしれない。

「どうすればいいか、ちょっと考えてみるよ。弁護士に相談したほうがいいかもしれないな」

「弁護士……?」

安積は言った。「あなたは、被疑者ではなく被害者でしょう?　弁護士は必要ないんじゃないですか?」

「被害者だって法的なアドバイスは必要だよ。じゃあ、帰っていい?」

だめとは言えない。

安積は、川島をいったん帰すことにした。

席に戻ると、安積は桜井に尋ねた。

「川島のこと、どう思った？」

「動画を渡そうとしないのは、やっぱりちょっと妙ですね」

「須田が言ったとおり、ＳＮＳに投稿することを考えているのだろうか」

「そうかもしれません」

安積は川島のことを、嫌なやつだと思っていたが、桜井はそうでもない様子だ。若い世代はああいうタイプの人物が、それほど気にならないらしい。

やはり自分は年を取ったのかなと思う。

村雨が安積に尋ねた。

「どうします？　立件して地域課係員を逮捕しますか？」

安積は、そうしたくないと思っている自分に気づいた。しかし、望まないことでもやらなくてはならない場合もある。

「ちょっと、課長のところに行ってくる」

安積は席を立った。

課長席を訪ねると、榊原課長が顔を上げた。

「どうした？　安積係長」

「地域課係員が暴行で訴えられ、被害届が出されました」

「何？　どういうことだ？」

安積はできるだけ簡潔に経緯を説明した。話を聞き終えると、榊原課長はしばらく考え込んでいた。

やがて彼は言った。

「暴行罪なら、粛々と捜査をすべきだろう」

「蔵田巡査部長は、後輩の岡崎巡査がばかにされたので腹を立てたようです」

「それにしても、一般人に手を出したのはまずいよなあ……」

「手を出されるほうにも原因があったと思います」

「検察や裁判官は、そんなことは考慮してくれないよ」

「そうでしょうか……」

実はかなり情状は酌まれるのだ。だが、やはり、榊原課長が言ったように、警察官が一般人に手を出すのは御法度だ。

「この件、しばらく私に預からせてもらえないか」

自分だけで抱え込んでいるのは精神衛生上よくないので、安積は任せることにした。

「よろしくお願いします」

そう言って安積は、課長席を離れた。


その日の午後、安積は野村署長に呼ばれた。悪いことをしていなくても、署長に呼ばれると少々心配になってくる。

署長室には、安積たちの他には誰もいなかった。野村署長はいつものとおり判押しをしている。署長は毎日、膨大な数の資料に眼を通し、判を押さなければならない。書類をはさんだファイルが来客用のテーブルの上に並べられる。

その全体の厚みは、一メートル以上になる。

「お呼びですか?」

安積が言うと、野村署長は判押しを続けながら言った。

「榊原課長から聞いたぞ」

「地域課の蔵田巡査部長の件ですか?」

「そうだ。どうするつもりだ?」

「訴えがあり、被害届が出されているからには、立件しないわけにはいかないと思います」

「まだ蔵田を逮捕してないんだな?」

「はい。まだです。任意で事情を聞きました」

「逮捕となれば、蔵田はカイシャを辞めるな……」

カイシャというのは、公務員が自分の組織について言うときの符丁だ。

「そうでしょうね」

「被害を訴えているのはどんな男なんだ?」

「警察官をばかにしたような動画をSNSに投稿するようなやつです」

「本当に立件するつもりか」

「それが我々の仕事です」

するると、野村署長はきっぱりと言った。

「いや、違う。君らの仕事は、訴えられたから立件するといった単純なものではないはずだ」

「もちろん単純ではありません。しかし、訴えと被害届がある限り、被疑者を逮捕しないわけにはまいりません」

「本気でそう思ってるのか？」

安積は正直にこたえることにした。

「実は、立件したくありません」

「ほう、そうなのか？」

「蔵田巡査部長を何とか救う方法はないかと考えております」

叱《しか》られるのを覚悟していた。

強行犯係の係長が、暴行罪の立件を……、つまり、職務の遂行を渋っているということなのだ。

しばらく沈黙があった。やがて、野村署長が言った。

「一人の警察官を育てるまで、とてつもない手間と時間と金がかかる」

「は……？」

「警察官には元手がかかっているということだ。辞められちゃ困るんだよ。いや、金や手間の問題じゃない。署員は家族だ。家族である蔵田巡査部長のクビを切るような真似《まね》はしたくない」

安積は深くうなずいた。

「はい。自分もそう思います。ですが……」

「何だ？」

「世間ではやはり、身内をかばったと思われるでしょうね」

「かまうものか。家族を守って何が悪い」

「では、立件しない方向で考えてよろしいのですね？」

「事案を握りつぶすわけにはいかないぞ。何か手はあるのか？」

「川島は、撮影した動画の提出を拒否しています。それが入手できれば、本当のことがわかるのではないかと思います」

「では、すみやかにそれをやれ」

「承知しました」

安積は正式の敬礼をして、署長室を退出した。


川島が店の従業員に嫌がらせをしていたという岡崎巡査の言葉がずっと気になっていた。

それを確認しようと、安積はいざこざがあった飲食店に出かけた。大規模なショッピングモールの中にあるカフェだった。

川島からクレームを受けたという従業員に話が聞けた。小出《こいで》という名の二十五歳の男性だ。

「僕は、別に失礼なことをしたつもりはありませんよ。水をくれと言われたので、セルフサービスでお願いしますと言っただけです」

小出はそう語った。安積は質問した。

「何か侮辱されるようなことは言われませんでしたか？」

「たくさん言われましたね。田舎者《いなかもの》だから客への対応がなっていないんだろうとか……」

蔵田巡査部長や岡崎巡査への暴言もあるので、侮辱罪に問えるかもしれない。

「何か脅しのようなことは？」

「動画を撮っていまして、それをＳＮＳに投稿すると言っていました」

「何か要求がありましたか？」

「飲食代を払う気はないからね、と言っていました」

「代金はいくらですか？」

「サンドイッチとコーヒーで、千二百円。消費税を入れて千三百二十円ですね」

安積は礼を言って店を出て署に戻った。

村雨に、店の従業員との話をすると、彼は言った。

「地域課係員に対する暴言が映っている動画があれば、侮辱罪はいけますね。動画をＳＮＳに投稿すると脅して、飲食代を払わなかったとしたら、ぎりぎりですが恐喝罪もいけるでしょう」

安積は須田に言った。

「逮捕状と差押令状を取るから、川島の身柄と動画を押さえてくれ」

「わかりました」

須田と黒木が川島のもとに向かった。

「係長。これ、暴行の事実はなさそうですよ」

川島の身柄を押さえ、彼の携帯電話から取り出した動画を解析した須田が、安積に言った。

「暴行の事実はない？」

「ええ。川島の証言では、蔵田巡査部長が携帯電話を持つ手を殴ったということでしたね。でも、蔵田巡査部長の手がぶつかる前に、画面が大きく揺れて動画がストップしているんです」

「どういうことだ？」

「蔵田巡査部長の手が当たる前に、慌てて携帯電話を引っ込めたんでしょうね」

「つまり、蔵田巡査部長は川島を殴打していないということだな？」

「少なくとも、動画では確認できません」

「そうか」

「……で、暴言のほうですが、店の従業員への暴言も、岡崎巡査への暴言も、しっかり映ってますね」

「わかった。ご苦労だった」

安積は、地域課の中島係長に電話をした。

「え？　被害届……？　あ、蔵田の……」

「今、どうなってる？」

「暴行罪で捜査してるんだよね。いやあ、早く処理しようと思っていたんだけど、いろいろと立て込んでいて……」

「まだ、正式に受理していないということか？」

「済まんね。すみやかにやらなきゃならんことはわかっているんだが……」

安積は、ほっとした。

「受理しなくていい」

「え……？　どういうこと？」

「暴行の事実はなかったようだ。だから、被害届はもう意味がない」

「え？　そうなの？　そりゃ助かるが……」

「蔵田も岡崎も、たぶんおとがめなしだ」

「へえ……。何だか知らないけど、そいつはよかった」

「ああ。よかったな」

安積はそう言って、電話を切った。


暴行罪は成立しないだろうと告げると、野村署長は満足げにうなずいた。

安積は榊原課長とともに、署長に報告に来ていた。

「……で、そのクレーマーはどうなった？」

「侮辱罪と恐喝未遂で送検しました。起訴されるかどうかはわかりませんが、充分お灸《きゅう》をすえたことになったと思います」

「それでいい。ふざけた動画をネットに投稿するようなやつらをのさばらせておくわけにはいかない」

　すると、榊原課長が言った。

「いやあ、現職の警官を逮捕しなければならないのかと、ひやひやしました」

　野村署長がこたえる。

「俺の署でそんなことはさせないよ」

　榊原課長が頭を下げた。安積もそれにならった。


　席に戻ると、そこに蔵田巡査部長と岡崎巡査がいた。彼らは、安積の姿を見ると深々と礼をした。

　蔵田巡査部長が言った。

「この度は、たいへんご迷惑をおかけしました」

　安積はこたえた。

「迷惑なんかじゃない。俺はただ、ちゃんと捜査をしただけだ」

「懲戒免職になるのではないかと思っておりました」

「そんなことはさせないと、野村署長が言っていた」

　蔵田巡査部長がもう一度礼をした。

　安積は、岡崎巡査に言った。

「地域課は、腹の立つことや辛《つら》いこともあるだろう。俺にも経験がある」

「辛いことといえば、これからの季節、チョッキはきついです」

たしかに暑い時期の防刃ベストは辛そうだ。安積は言った。

「まあ、がんばってくれ」

「ありがとうございます」

二人は去っていった。

安積は着席して、窓の外を見た。

真っ白な入道雲が見えた。

いよいよ夏が来るのだなと、安積は思った。

世代

1

午前八時三十分。これから朝礼というときに、方面系の無線が流れた。お台場の公園で遺体が発見されたという。

「あ、これで、朝礼をサボれますね」

そう言ったのは須田だった。安積は言った。

「おい。不謹慎なことを言うな」

水野が付け加えるように言う。

「思っていても言っちゃだめなことってあるのよ」

須田は慌てた様子で、安積に「すいません」と言った。

捜査員たちはそれぞれのペアで出かけていった。安積は水野といっしょに玄関までやってきた。

「現場はセントラル公園だな?」

「そうです。歩いて十分以内に着きますね」

うなずいて玄関を出ると、目の前にパトカーが駐《と》まっていた。運転席から顔を出しているのは、交機隊の速水小隊長だ。

「よう、係長。遺体が見つかったんだろう?」

「おまえも方面系の無線を聞いていたのか?」

「現場に行くんだな？　乗れよ」

「パトカーをタクシー代わりに使うわけにはいかない。しかもこのパトカーは臨海署のものじゃなくて、警視庁本部の車だろう」

「交機隊の車だから、当然本部のものだ。だが、そんなことを気にすることはない。パトロールのついでだ」

「歩いて行ける距離だ」

「指揮官は常に迅速に動かなきゃ。だいたい、刑事課の係長が覆面に乗れないってのが問題なんだ」

「どこの署もそんなもんだよ」

「いいから乗れよ」

正直に言って、車で現着できるのはありがたい。速水が言ったとおり、指揮を執る者が遅くなればなるほど初動捜査に支障が出る。

助手席に安積が乗り、後部座席に水野が乗った。速水が運転するパトカーは滑るように発進し、あっという間に現場の近くに着いた。

安積は礼を言って車を降りた。水野と二人で公園内の現場に向かおうとすると、速水が言った。

「待てよ。俺《おれ》も行く」

安積は驚いて言った。

「変死体の現場にスカイブルーの制服は、あまり似合わないと思うが」

「目立つことは嫌いじゃない」

「パトカーは路上駐車したままでいいのか？」

「俺の車に駐禁の切符を切るやつはいない」

そういう問題ではないと思ったが、何も言わないことにした。

鑑識の作業の途中で、刑事たちはみんなそれが終わるのを待っている。テレビでよく、捜査員と鑑識係員が混じって現場の検分をしているが、あれはあり得ない。鑑識作業が終わるのを待たずに、現場に足を踏み入れる捜査員はいない。

規制線の外にいる村雨が言った。

「機捜と我々で聞き込みをやりましたが、今のところ目撃情報はなし。ご覧のとおり、近くに防犯カメラもありません」

公園といっても、灌木《かんぼく》や木々が生い茂っているわけではない。石畳風の歩道と広場があり、木立はあるが決して密ではない。

見晴らしがいいと言っていいだろう。

遺体は、木立の根元の芝生の上にあった。かなりの距離があるが、背広を着ているのがわかる。年齢は四十代後半から五十代前半といったところか。

「遺体の発見者は？」

安積の問いに、村雨がこたえた。

「通勤途中の会社員です。名前は、横井《よこい》宗之《むねゆき》。年齢は三十五歳。発見者というより、通報者ですね」

「どういうことだ？」

「ここ、朝になるとけっこうな人通りだから、横井宗之さん以外にも、遺体に気づいた人がいたはずです。その人たちは通報をしなかった……」

「なるほど。話は聞いたか？」

「機捜さんが……。最初は酔っ払いが寝ているのかと思ったそうです。でも近づいてみると血だまりができていたので」

「血だまり……？」

安積はあらためて遺体のほうを見た。言われてみれば、背広は血にまみれているし、たしかに血だまりができている。おびただしい血の量だった。

村雨が言った。

「見たところ、失血死ですね」

「刺されたのか？」

「もうじき検視官がくるでしょうから、詳しいことはそれからですね」

安積がうなずいたとき、速水が言った。

「目撃情報もなく、防犯カメラもないんだって？」

「ああ、そういうことだ。犯人の特定に手間取るかもしれない」

「気になるやつがいる」

「え……？」

「野次馬の中だ」

安積は速水のほうを見たまま尋ねた。

「どのあたりだ」

「係長の右手だ。十六時の方向」

安積はさりげなくそちらを見た。あたりを見回すような仕草を心がけた。速水に眼《め》を戻すと、安積は言った。

「フーディーの若いやつか？」

「そうだ。妙に緊張しているように見える」

「わかった」

水野が近くにいて、今のやり取りを聞いていた。安積は水野にうなずきかける。彼女は須田たちのもとに行った。

水野の話を聞くと、まず、須田と黒木がどこかに消えた。桜井も別な方向に駆けていった。彼らは、職質の対象者の逃走に備えるのだ。

村雨と水野が、ゆっくりした足取りでフーディーの若者に近づく。相手を刺激しないように配慮しているのだ。

二人は対象者に笑顔を向けている。村雨の笑顔など滅多に見られないなと、安積は思っていた。

村雨・水野と話をしていた若者は、突然村雨を突き飛ばして駆け出した。

水野がそれを追う。若者は足が速く、水野は彼を取り逃がしたように見えた。

その行く手に黒木が立ちはだかった。突進してくる若者をかわしたと思ったら、見事に足を掛けていた。

若者が石畳風の歩道に転がる。黒木が若者に飛びつき、それに桜井が加勢した。最後に須田が近づいていき、若者に手錠をかけた。

若者を確保するまでの一部始終を見ていた安積は、速水に言った。

「逃走するとはな……」

「充分に怪しかったぞ」

「おまえ、いい刑事になるぞ。刑事課に来ないか」

速水は目を丸くしてみせた。

「冗談だろう。天下の交機隊だぞ。何が悲しくて刑事なんてやらなきゃならないんだ」


現場から逃走を図った若者の名前は、細井貴幸《ほそいたかゆき》。年齢は二十八歳だった。

今、彼は取調室にいるが、まだ取り調べは始まっていなかった。

「被害者と同じ会社……?」

安積が尋ねると、村雨が生真面目《きまじめ》そうにこたえた。

「ええ。被害者は、川崎逸郎《かわさきいちろう》、四十八歳。被害者のポケットに名刺入れがあり、勤めている会社がわかりました。新橋《しんばし》にある食品メーカーです。テレビでもコマーシャルをやってるような大手ですね」

桜井が言った。

「現場から逃走を図った男が、被害者と同じ会社に勤めていた……。これは決まりですね」

安積はこたえた。

「だが、彼が犯人だという証拠は何もない」

「証拠ならすぐに見つかりますよ」

「おまえは楽天的だな」

「そうなんですよ」

村雨が言った。「大物と言われる所以《ゆえん》です」

「とにかく、話を聞いてみなければならない。二人で取り調べをやってくれるか？」

「承知しました」

村雨と桜井が取調室に向かった。

他の係員たちは、聞き込みに出かけている。

殺人事件となれば、普通は捜査本部か特捜本部ができる。そうなれば、捜査一課の主導ということになり、安積たち所轄は「道案内」だ。

これは別に所轄がないがしろにされているということではない。所轄は当然管内の地理や事情に詳しい。

捜査一課の捜査員は、それを頼りにしているのだ。所轄の捜査員が参加しないと捜査本部は始まらないのだ。

だが、今回は、早々に被疑者が確保されたので、捜査本部ができなかった。つまり、捜査の主体は安積たち臨海署の強行犯係ということになる。

便宜上、細井のことを「被疑者」と言っているが、まだ容疑は固まっていない。

村雨と桜井の取り調べ次第では、早期解決もあり得る。

それにしても、と安積は考える。

細井に気づいたのが、捜査員ではなく交機隊の速水だというのは面白くない。

それだけ警察官として優秀だということだが、できれば捜査員に先に気づいてほしかった。

そんなことを思っていると、捜査一課の佐治《さじ》係長から電話がかかってきた。佐治基彦《もとひこ》警部は、捜査一課殺人犯捜査第五係の係長だ。

「その後、どうだ?」

「身柄確保した細井の取り調べを始めました」

「さっさと落としちまえよ。自白が取れれば起訴できる」

「物的証拠が必要でしょう」

「鑑識に任せておけ。とにかく自白が取れればいいんだ」

「担当は我々なので、任せてください」

「本来ならな、捜査本部できっちりと俺たちが仕切るところなんだ。たまたま臨海署で被疑者を挙げたっていうんで、部長が捜査本部の必要なしと判断したわけだ」

「ですから、我々に任せてほしいと言ってるんです」

「だったら、さっさと被疑者を落としちまえよ。それがあんたの仕事だ」

捜査一課の指導や協力は喜んで受け容《い》れる。事件を解決しようという思いは同じだ。だから、この場合「わかりました」とこたえるべきなのだ。

だが、安積はそう言いたくなかった。

「我々のやり方でやります」

「何だと……」

電話の向こうの佐治係長の顔色が変わるのが目に見えるようだった。「偉そうに啖呵《たんか》を切ってくれるじゃねえか。俺にそんなことを言って後悔するなよ」

「後悔はしないと思います」

「結果を出せ。ぐずぐずしてると、俺たちが乗り込んでいくぞ」

電話が切れた。

佐治係長なら、本当に自分の班を引き連れてやってきかねない。そうなると面倒なので、何とか早く容疑を固めたい。

須田、黒木、水野からの知らせを待つことにした。

「やはり、目撃情報はないですね」

須田から電話で連絡があった。

「現場付近には防犯カメラがなかったんだったな」

「ええ。ですから、範囲を広げて探してます」

「何とか物的証拠を見つけたい」

「家宅捜索の許可状取れませんかね？」

「まだ、細井を正式に逮捕していないから、逮捕状と捜索差押許可状を課長に頼んでみる」

「細井の部屋から凶器が出れば、一発なんですがね……」

「取りあえず、防犯カメラを頼む」

電話を切ると、安積は榊原課長の席に行った。

「逮捕状にガサ状？」

課長は眉間《みけん》にしわを刻んだ。「そりゃ、身柄確保してるんだから、普通なら何の問題もないが……」

「お願いします」

「だいじょうぶなんだろうな。逮捕状を執行したとなれば、四十八時間以内に送検だ。まだ証拠はないんだろう？」

「村雨と桜井が取り調べをやっています」

榊原課長はしばらく考えてから言った。

「いいだろう。請求してくれ」

安積は自席に戻ると、すぐにパソコンを立ち上げて書類を作りはじめた。部下がいれば任せるのだが、今は皆出払っている。

キーを叩《たた》いていると、水野から電話があった。

「ご遺族から話をうかがいました。妻の昭代《あきよ》さん、四十六歳です。昭代さんは、細井のことを知っていると言っていました」

「被害者と細井は同じ会社だったようだな」

「ええ。細井は川崎逸郎さんの直属の部下だったようです。ごくたまに、細井を自宅に連れていくことがあったみたいです」

「連れていく？　招待するとかではなく？」

「夜中に飲み歩いて、そのままお宅に連れてくるというパターンだったらしいです」

「昔は上司が部下を飲みに連れ回して、自宅まで連れていったという話を聞いたものだが、もうそんな時代ではないと思っていた」

「そうですね。被害者は古いタイプだったようですね」

古いタイプか……。

安積は思った。被害者・川崎逸郎の年齢は安積とそれほど違わない。自分もどこかで「古いタイプ」と言われているのかもしれない。

「……で、被害者と細井の関係について、奥さんは何か言っていたか？」

「迷惑だから、そういうことはやめなさいと言ったようです」

「そういうこと？」

「部下を酒に付き合わせることでしょう」

「細井が迷惑そうにしていたということか？」

「そうらしいですね」

「それで、奥さんにそう言われた被害者の反応は？」

「カエルの面に何とやらといった調子だったようです。上司が部下の面倒を見て何が悪いと言っていたそうです」

「二人の間にトラブルはあったのか？」

「それはなかったと、奥さんは証言しています。でも……」

「でも、何だ？」

「そういう確執って、表面化しないいんじゃないでしょうか」

水野の憶測に過ぎないが、それは容易に想像できる。

「被害者が部下を自宅に連れていくのは、よくあることだったのか？」

「それが、連れ回した上に自宅に連れてくるのは細井だけだったと、奥さんは言っています」

「わかった。他には」

「今のところは以上です」

「引き続き、聞き込みを続けてくれ」

安積は電話を切った。

逮捕令状と捜索差押許可状は、申請をしてから約一時間後に無事に発行された。

須田にそれを伝えると、彼は捜索差押許可状を取りに来ると言った。それから安積は、逮捕令状を持って取調室に行った。

ノックをすると、桜井が顔を出した。

「逮捕令状が出た。執行してくれ」

「え……。被疑者、まだ自白してませんが……」

「判事は充分に逮捕の要件を満たしていると考えたようだ」

「このまま送検ですか？」

「それまでに、できるだけのことを聞き出してほしい」

「了解しました。村雨さんに伝えます」

安積は逮捕令状を桜井に手渡し、席に戻った。

村雨と桜井が戻ってきたのは、それから十分ほど経《た》ってからだった。

村雨が、逮捕状を執行した時刻を告げてから言った。

「ダンマリですね。正式に逮捕したと告げても、それは変わりません」

「犯行を否認しているのか？」

「認めるとも否認するとも言っていません」

「須田がガサ状を取りに来る」

「ガサは、須田と黒木が？」

「水野にも行ってもらうつもりだ」

「じゃあ、自分らは会社に鑑取りに行っていいですか？　動機がはっきりするかもしれません」

「わかった。その間、俺が話を聞いてみよう」

村雨と桜井は出かけていった。

入れ代わるように須田がやってきて、安積は捜索差押許可状を渡し、黒木、水野とともに細井の住居の家宅捜索をやるように指示した。

安積は取調室に行ってみることにした。


細井貴幸は、細身の若者だ。黒っぽいパンツにフーディーというカジュアルな恰好《かっこう》だ。現場から逃走したときの服装のままだ。

スチールデスクに向かって座っている。取調室の中の細井は「お行儀がいい」という印象だった。

安積は官姓名を告げてから尋ねた。

「何もしゃべらないそうですね」

細井は黙って安積を見ている。

恐れたり緊張したりといった様子ではない。どんな人物も、逮捕され取調室で刑事の取り調べを受ければ、何かしら感情を露《あら》わにするものだ。

恐怖や緊張の場合が多いが、時には怒りのこともある。

「あなたは、川崎逸郎さんの遺体が発見された現場近くにいましたね？　そして、我々警察官が近づくと逃走した。それはなぜです」

細井は眼をそらした。安積の頭上の何もない空間を見つめている。

安積はその後もいくつか質問をしたが、細井はこたえなかった。

2

翌日の朝九時頃《ごろ》、佐治係長が部下を四人連れてやってきた。

安積は驚いて言った。

「まさか、本当に来るとは思いませんでした」

佐治係長は言った。

「被疑者は吐いたのか？」

「まだです」

「任意か？」

「逮捕しました」

「なら手ぬるいことをしている時間はないな」

「手ぬるいことをしているつもりはありません」

「検察に任せるつもりか？」

「送検した後も、検事は引き続き我々に捜査するように言うんじゃないでしょうか」

もちろん検察官が直接取り調べや捜査を行うこともあるが、引き続き担当していた刑事に任せることが多い。

「送検前に吐かせろよ」

「そういうプレッシャーをかけると、パワハラになりますよ」

すると、佐治係長は大きな溜《た》め息《いき》をついてしかめ面をした。当然何か言い返されると身構えていた安積は、肩透かしを食らったような気分になった。

佐治係長が言った。

「最近じゃ何かというとパワハラだ。知ってるか？　警察学校でちょっと厳しく鍛えたら、親が文句を言いにきたっていうんだ。どうなってるんだよ、まったく」

その話は聞いたことがあった。警察学校はただの学校ではない。訓練機関だ。厳しい訓練があるのが当たり前なのだ。

その当たり前のことを理解できない者が増えてきているのかもしれない。

佐治係長がさらに言う。

「俺は別にプレッシャーをかけに来たわけじゃないぞ。手伝えることがないかと思ってな」

「捜査員を四人も連れて……？」

「別件で築地《つきじ》署に行く途中に寄ったんだ」

「築地署に行くのに、我々を手伝おうってのはどういうことです？」

「築地署の件はすぐに片づく。だからその後で……」

そこまで言って佐治係長は、片手を振った。「もういいよ。俺たちの助けが必要ないというんなら、好きにすればいい」

佐治係長に悪気はなさそうだ。そうなると、安積は自分の態度がずいぶんと大人げなかったと思った。

「今、村雨と桜井が被害者の勤務先に鑑取りに行っています。必ず何か成果を持って帰るはずです」

「聞いたか、みんな」

佐治係長は四人の部下に言った。「安積係長はな、こうして自分の部下を信頼してるってわけだ。勉強になるよな」

皮肉にも聞こえる。だが、佐治はきっと本気なのだ。佐治係長は昔ながらの警察官だ。つまり、後輩や部下を厳しく指導するタイプだ。

それは悪いことではないが、しばしば安積はその態度に反発を感じる。

佐治係長が言った。

「じゃあ、引き続きがんばってくれ」

そして彼は、部下を引き連れて安積の席から去っていこうとした。その後ろ姿に声をかけた。

「結果は知らせます」

佐治係長は背を向けたまま、右手を挙げた。

村雨と桜井が戻ってきた。

安積はまず、村雨から話を聞くことにした。

「被害者の川崎逸郎は、営業課長で、かなりやり手のようでしたね。彼が課長になってから、ずいぶんと営業成績が伸びたようです」

「食品会社だと言っていたな？」

「はい。製品を流通に売り込むのが営業の仕事だということです。つまり、自社の製品をスーパーやコンビニ、あるいは外食産業で扱ってもらうように売り込むわけです」

「細井は営業課員ということだな？」

「そうです。川崎逸郎の部下は七人いて、細井はその中でも若手のほうですね」

「川崎さんの奥さんは、細井を飲みに連れ回して、自宅まで連れてくることがあったと言っている」

「ああ……。そういうタイプのようですね。ですから、被害者を煙たく思っている部下も何人かいたようですね。細井もその一人のようです。と、いうか……」

「何だ？」

「細井は目をつけられてたようですね。嫌がる細井を酒の席に連れ出すのも、嫌がらせなんじゃないですかね。つまり、川崎逸郎は細井に対してパワハラをはたらいていたということです。細井はそれに耐えられなくなって犯行に及んだということじゃないですかね」

パワハラが殺人の動機か……。

安積は思った。これは何も今に始まったことではない。パワハラなどという言葉がない時代にも同じような事件はあったはずだ。

「日常的に、嫌がらせを受けていたということだろうか」

「そう見ている社員が多かったですね。特に若い社員は……」

安積はうなずいた。

「桜井、おまえのほうはどうだ？」

桜井は、村雨の話を聞いて戸惑った表情を浮かべていた。その理由が知りたかった。

桜井は言った。

「たしかにパワハラだという人もいましたが……」

「そうじゃなかったということか？」

「いやあ……。最近じゃ、ちょっと厳しくするとすぐにパワハラですから……」

「だが、実際に細井はパワハラを受けていたんじゃないのか？」

「ええと……」

桜井は一瞬言い淀《よど》んでから話しだした。「つーか、細井はだめなやつですよ」

「だめなやつ……？」

「勤めも長続きしないで、これまでに三度も会社を変わっているんです」

「三度……？」

安積は驚いた。「しかし、彼はまだ二十八歳だろう」

「だから、長続きしないんです。ちょっと気に入らないことがあったら、会社を移る。そんな感じですね」

「だが、そんなに簡単に転職はできないだろう」

「転職サイトを利用していたようです」

「転職サイト……？」

「はい。転職先を探すのを助けるサイトです。登録しておくと、ヘッドハンターがいろいろなポストを見つけてくれるんです」

「そんなコマーシャルを見たことがあるような気がするが……」

「終身雇用や年功序列に満足しない実力派が、転職によって次々とキャリアをステップアップする……。そんな話を真に受ける若い世代が増えているんですね」

「そのようだな」

当然、若い桜井はそのような傾向をいいことだと受け止めているものと、安積は思った。

「でも、そんなの夢物語ですよ」

「夢物語……」

「堪《こら》え性《しょう》がなくて、次々と職を変えても、キャリアアップなんてするわけないでしょう。本当に実力がある人は、終身雇用だろうが年功序列だろうが、必ず頭角を現しますよ」

安積は驚いた。村雨もそうらしい。二人は顔を見合わせていた。

村雨が言った。

「だが、アメリカなんかでは転職でキャリアアップというのが当たり前なんだろう?　日本もそういう社会になっていくんじゃないのか?」

「なっていくかもしれません」

桜井はこたえた。「でも、まだそうなってはいないんです」

「それはそうだろうが……」

「……で、細井ですが。彼の場合は、意識が高くて転職を繰り返したわけじゃなくて、単に気分屋で堪え性がないだけなんです。ちょっと気に入らないことがあると、転職サイトを利用して次の仕事を探す……。つまり、だめなやつなんです」

「しかし……」

村雨が言った。「川崎逸郎が、ことさらに細井に厳しくしていたのは事実だろう。酒を強要するような無茶もやっていたようだし……」

するとと桜井がこたえた。

「うらやましいという若手社員もいましたよ」

「うらやましい……?」

「ええ。川崎逸郎は教育熱心で、これまで何度もトップ営業課員を育てているんだそうです。そして、細井は見込まれていたんだろうと……」

安積は言った。

「二人の話はずいぶんとニュアンスが違うな」

村雨がこたえた。

「私はベテランを中心に話を聞き、桜井は若手を中心に話を聞きましたから……」

「だったら、結果が逆になりそうなものだがな……」

村雨がしかめ面になった。

「昨今、ベテラン社員は、パワハラやモラハラに、過剰に気を使っていますからね。そのせいでしょう」

安積は桜井に言った。

「一人前にしようという川崎逸郎の熱意が、細井には伝わらなかったのだな」

「そうでしょうね。あいつ、だめなやつですから」

「今の話を、細井にぶつけてみろ」

「え……？」

桜井が目を丸くする。「自分が取り調べをやるということですか？」

「俺と村雨も同席する。いいな、村雨」

「もちろんです」

取調室で桜井は、スチールデスクをはさんで向かい合った細井貴幸に言った。

「いやあ、会社で皆に話を聞いてきたよ。あんた、川崎逸郎にずいぶんかわいがられていたんだって？」

今まで、何を聞いてもぼんやりとした反応しか返ってこなかったが、明らかに変化があった。細井はむっとした顔で桜井を見た。手ごたえがあったと、安積は思った。

桜井の話が続く。

「川崎逸郎は、部下を教育することに熱心だったんだってね。実績も挙げている。あんたが営業のトップに立つのも時間の問題だって言う人もいた」

細井は唇を咬《か》んだ。次第に目が血走ってくる。

「えこひいきだって言う社員もいたよ。川崎逸郎が飲みに連れていくのは決まってあんただったんだってね」

ふるふると震えだしたと思ったら、突然絞り出すように言った。

「冗談じゃない……」

桜井が聞き返す。

「え？　冗談じゃない？　それ、どういうこと？」

細井は拳《こぶし》を握りしめ、桜井を睨《にら》むようにして言った。眼が怒りにギラギラと光っている。

「俺はいじめのターゲットにされていたんだよ。俺ばかり注意されるし、外食のチェーンに飛び込みで契約取ってこいなんて無茶言われるし……」

「それだけあんたに期待してたってことじゃないの？」

「迷惑なんだよ」

「期待されるのが？」

「そうだよ。今の会社の営業でトップになったから何だって言うんだよ」

「え？　会社でいい成績を残したくないの？」

「別に……。俺、営業って向いてないと思うし……」

「でも、川崎逸郎に見込まれてたんだろう？」

「だから……」

大きな声を出した細井は、声を落としてから続けた。「だから、迷惑だったんだよ。教育だって？　俺はいじめられていただけだ。パワハラだよ。だから、俺、追い詰められて……」

「追い詰められて、どうしたんだ？」

細井はおろおろと視線をさまよわせた後に、開き直ったように言った。

「刺したんだよ」

「刺した……。何を刺したんだ？」

「川崎を刺したんだよ」

その場にいた安積と村雨は顔を見合わせてうなずいた。

その後、桜井が細井から聞き出したところによると、凶器は自宅にあった包丁だという。どう処理していいかわからず、取りあえず血を洗い流して台所に戻したということだ。

それを家宅捜索中の須田に伝えた。すると、台所や包丁からルミノール反応が出たということだった。

その他、血のついた衣類がビニール袋に入れられているのが見つかった。犯行時に着ていた衣類だろう。

犯行場所は、遺体の発見現場と同じ公園内だ。そこが川崎逸郎の通勤路だということを知っていた細井は、待ち伏せをした。そして犯行に及んだのだ。

安積は、佐治係長に電話をして、概要を伝えた。

「そうか。落ちたか」

「自供と物証の両方がそろいました」

「これで、堂々と検察に送れるな。容疑が曖昧《あいまい》なまま送ると、検察が何を言うかわからんからな」

「お気遣いいただき、お礼を申します」

「いや、まあ何だ……。出しゃばりだとは自覚してるんだが、どうも気になってな……」

「指導的立場というのは、そういうものでしょう」

安積はもう一度礼を言って電話を切った。

送検が済み、いちおう事案が手を離れた。安積は、交機隊の分駐所に速水小隊長を訪ねた。

「よう。細井は無事送検だって？」

「おまえは、どこからそういう情報を仕入れるんだ？」

「いつも言ってるだろう。交機隊は万能なんだと」

「細井に気づいたのが、捜査員ではなく、おまえだったことが悔しいんだが」

速水はただにっと笑っただけだった。

安積は続けて言った。

「今回、面白いことがあった。川崎と細井の会社に村雨と桜井が鑑取りに行った」

「それで？」

「村雨は、川崎がパワハラをやっていたと言い、桜井は社員の教育に熱心だったと言った。それが意外だったんだ。俺はあいつらが逆のことを言うと思っていた」

「つまり、桜井がパワハラだと言い、村雨が教育熱心だったと言いそうなものだと……」

「ああ」

「村雨のやつは、気を使ったんだろうな」

「気を使った？」

「若いやつに気を使って、パワハラという言葉に敏感になっていたんじゃないのか？」

「正確な聴取ができなかったということか？」

「誰《だれ》にだってそういうことがある。だから桜井と二人で行かせたわけだろう？」

「そうだな。しかし……」

「しかし、何だ？」

「今回の事案の背後には世代のギャップがあるのかもしれない。教育だと思ってやったことが、いじめだパワハラだと受け止められた……」

「おい、世代のせいにするなよ」

速水は言った。「若いやつがだめなんじゃなくて、細井がだめなやつだったんだ。それだけのことだ」

安積はうなずいた。

「そうだな」

「近ごろの若者はなってないなんて言う連中には、交機隊の若いやつらを見せてやりたい」

「おまえの言うとおりだ。俺もそういうことを言う連中には……」

安積は言った。「桜井を見せてやりたい」

当直

1

「おう、当直はこのメンバーか」

組対係の真島喜毅《よしたけ》係長が言った。

いつもながら、真島係長の風貌《ふうぼう》にはちょっとどきどきする。話を聞きながら、須田はそんなことを思っていた。

組対係は、マルBつまり暴力団員を相手にする部署だ。自然と見た目がマルBと区別がつかなくなってくるようだ。

真島係長が、今日の当直管理責任者だ。責任者は課長のこともあれば、今回のように係長のこともある。

当直管理責任者は、当直隊長、あるいは隊長、班長などと呼ばれる。それは都道府県警によって、また警察署によって違うのだが、須田たちは隊長と呼んでいた。

当直対応室には、机が横三列に並んでいる。一番前列が窓口に接しており、そこで祝祭日や夜間の受付対応をする。

一番奥に隊長の席がある。

真島が当直の顔ぶれを確認している。当直には一般当直と刑事当直がある。一般当直は、来訪者への対応や、連絡業務を担当する。

一方、刑事当直は、事件に対応するための当直だ。だから、文字通り刑事課の者が担当する。生安課の者が加わることもあるが、大半は刑事課だ。

午後五時四十五分に、隊長から当直指示があるはずだったのだが、真島が事件で出かけていて、須田たちは先に夕食を済ませた。

夕食後に、真島がやってきて、ようやく当直指示となったわけだ。

「さて、何もないことを祈ろうぜ」

真島係長が言った。「……といっても、そいつは無理な注文かな」

それで当直指示は終わりだった。

今夜の一般当直は、生安課、交通課、警備課、警務課からそれぞれ二名、計八名だった。警務課二名のうち一人は留置所管理担当だ。

刑事当直は、第一強行犯係の須田、第二強行犯係の荒川、組対係の真島係長、そして、知能犯係から一人の計四名だった。

夕食後はしばし、世間話の時間だった。上司の評価をしたり、人事の情報を交換したり、署内の噂話《うわさばなし》をする。

たぶん、どこの一般企業でも、同じような話をしているのだろうなと、須田は思っていた。

「ところでさ、須田」

真島係長が言った。「水野って、おまえの同期なんだって？」

須田は驚いて聞き返した。

「水野がどうかしましたか？」

「いや、あんな美人がいる第一強行犯係はうらやましいと、いつも思ってるんだ」

「隊長……。最近は美人とか言うとそれだけで問題になりますよ」

真島係長は顔をしかめた。

「俺《おれ》たちみたいなオヤジには生きづらい世の中だよなあ」

「そうですね」

須田は思わずにやにやしてしまう。強面《こわもて》の真島係長のしかめ面が妙に滑稽《こっけい》に思えた。

「それで、もしかしておまえら、いい仲なのか？」

「え？　同期だし同じ係だし、仲はいいですよ」

「仲がいいかじゃなくて、いい仲かって訊《き》いてるんだ。まあ、おまえと水野じゃ釣り合わないか
……」

「そうですね」

須田は本気でこたえた。「あいつには、ガッコウのときからまるでかないませんでしたから
……」

ガッコウというのは、警察学校のことだ。

「私、憧《あこが》れているんです」

そう言ったのは、生活安全課の当直の一人、兼田真由《かねたまゆ》だ。たしか、二十八歳の巡査だ。

「憧れている？」

真島係長が聞き返す。「おまえ、刑事志望なのか?」

「いえ、自分は生活安全課に誇りを持っています。憧れているのは、水野部長のたたずまいです」

「なるほどなあ……」

真島係長が妙に納得した顔をしたとき、窓口のほうで声がした。

「おい、ちょっといいか?」

窓際の席にいた兼田が振り向いて対応した。

「はい、何でしょう?」

「何でしょうじゃねえよ。自転車、何とかしろよ」

「は……? 自転車? 何の自転車ですか?」

「俺はたった今、自転車に轢《ひ》かれそうになったんだよ」

「怪我《けが》はなさいましたか?」

「怪我なんてしてねえよ。轢かれたとは言ってねえ。轢かれそうになったと言っただろう」

「はあ……」

「はあじゃねえよ。何とかしろって言ってるんだよ」

真島係長が、交通課の当直の一人に言った。

「交通事案だよ。おまえ、行ってやれ」

「了解しました」

その交通課係員はやる気まんまんに見えた。兼田と席を代わると、相手の男に言った。

「事故ですか？」

相手の男は一瞬たじろいだ。

「事故になるところだったんだよ。危なくってしょうがねえ」

「事故ではないということですね？」

「ぶつかりかけたんだよ。歩行者用の信号が青なので横断歩道を渡ってると、そいつは赤信号を無視して突っ込んできやがったんだ」

「なるほど……」

交通課係員は手元の紙にメモを取っている。「信号無視ですね」

「そうだよ。立派な交通違反だろう？　捕まえろよ」

「映像記録か何かありますか？」

「映像記録だと？」

「はい。スマホで動画を撮ったとか……」

「そんな余裕あるわけねえだろうが。あっという間に走り去ったんだよ。さっさと捕まえろって言ってんだよ」

「重ねて確認しますが、事故ではないんですね？」

「だから、事故になりかけたんだって……」

「今後、取り締まりにつとめますので……。本日はごくろうさまでした」

「待てよ、おい。何もしねえつもりか?」

「走り去った自転車については、警察は何もできません。違反をその場で検挙したわけではないので……」

「現行犯じゃなきゃだめってことか?」

「現行犯という言い方はアレですが、まあ、違反した現場を捕まえないとだめということですね」

「ふざけるなよ。信号無視して突っ込んできたんだよ。だいたい、自転車の違反には頭に来てるんだ。ちゃんと取り締まれよ」

相手の男は興奮してきた。酒気も帯びているようだ。

「努力はしておりますが、何せ自転車の違反については行政処分ができませんので……」

「そんなこと知るか。自転車だって危険なんだぞ。どのくらいの速度が出ると思ってるんだ」

須田は興味を覚え、窓口に近づいた。

「えー、すいません」

声をかけると、窓口の男と交通課係員が同時に須田のほうを見た。

「ちょっと質問していいですか?」

「何だ?」

須田は交通課係員に場所を代わるように言って、窓口の向こうの男と向かい合った。男は六十歳前後だった。無精鬚《ぶしょうひげ》が伸びており、髪はぼさぼさだ。

「自転車って、何キロくらい出るんですか？」

「おまえ、警察官なのにそんなことも知らないのか」

「ええ。知らないんで、教えてもらおうと思いまして……」

「競輪では、最高七十キロにもなるんだ。七十キロだぞ」

「え、時速七十キロですか」

須田が目を丸くした。

「ああ、そうだ。まあ、それはバンクを走るときのことだがな……。けど、ロードレースでも六十キロくらいは出るんだ」

「へえ……。それはすごいですね」

「だから言ってんだよ。自転車は危険だって……」

「自転車のこと、お詳しいんですね」

「ああ、まあな……」

「もしかして、競輪とかなさるんですか？」

「たまにな」

「競輪は、選手の力量だけじゃなくて、駆け引きもあって、なかなか奥が深いらしいですね」

「奥が深いっていうか……」

「俺、あんまり詳しくないんですけど、S級とかA級とか、あるんですよね」

「ああ。下はA級三班から上はS級S班まで六ランクあるな」

「試合にもランクがあるんですよね」

「ランクっていうか、グレードだな。FⅡからグランプリまでこれも六つのグレードがある。例えばFⅡってのはよ、A級の選手がS級の選手目指して戦うレースだ。そして、何と言っても最高の試合はグランプリだ。SSの中でもトップの選手で争うレースだ。グランプリに出られるだけでも名誉なんだ」

「馬を操ったり、ボートに乗ったりするわけじゃなくて、自転車ってシンプルだから、駆け引きがもろに出ますよね」

「そうなんだよ。先輩後輩の気づかいなんてのもあるしな。レース展開読めないバカはS級にゃなれない」

「楽しそうですね」

「勝ちゃあ楽しいがな……。あれ、俺、なんでこんな話をしてるんだ」

「競輪の話、もっと聞かせてほしいですね」

男は顔をしかめた。

「俺ぁ、そんなに暇じゃねえよ。ち、酒も醒《さ》めちまった。こりゃ、飲み直しだな」

「あ、ためになる話、ありがとうございました」

「おう、じゃあな」

男は去っていった。

須田はもとの席に戻り、窓際には再び兼田が座った。

交通課係員が言った。

「へえ……。うまくあしらいましたね」

「え……」

須田は言った。「俺、興味あるから話を聞こうと思っただけだけど……」

「でも、興奮していた男が、すっかりおとなしくなったじゃないですか」

「自転車が時速七十キロも出せるって、知ってた？」

「ええ、まあ。聞いたことはあります」

「さすがに交通課だなあ。俺はまったく知らなかった」

「本当ですか？」

「今度、競輪やってみようかなあ……」

するど、真島係長が言った。

「須田ってのは、こういうやつなんだよ」

こういうやつというのは、どういう意味だろう。そんなことを思っていると、第二強行犯係のベテラン、荒川が言った。

「一一〇番通報らしい」

イヤホンで無線を聴いていたのだ。

須田は、来訪者と話をするために外していたイヤホンを再び着けた。

「こちら、海浜公園駅前交番。向かいます」

地域課の係員が現場に向かうということだ。警視庁通信指令センターからの指示内容は聞きそびれた。

須田は荒川に尋ねた。

「どんな事案です？」

「何でも、男女の争う声が聞こえたという一一〇番通報らしい」

生安課の男性係員が言った。

「夫婦喧嘩《げんか》じゃないの？　地域課に任せておけばいいでしょう」

「そうだなあ……」

真島係長が言う。「少し様子を見よう」

「夫婦喧嘩の仲裁も、なかなか骨がおれるんですよ……」

生安課の係員の言葉に、警務課の係員が言う。

「そうそう。俺も交番時代に経験が何度かあるよ。なんでこいつら夫婦になったんだろうって思うよな」

しばらくすると、再び無線が流れる。

「臨海ＰＳ。こちら海浜公園駅前交番。現着しました。当該マンションの部屋を確認。世帯主が判明。送ります。世帯主は、中江由紀《なかえゆき》・四十二歳……」

「こちら臨海ＰＳ。現状知らせ」

「部屋は施錠。部屋には男女がいる模様」

「了解」

「あ……」

兼田真由が声を上げたので、当直の面々は一斉に彼女を見た。

兼田が言った。

「中江由紀って、聞き覚えがあります」

真島係長が尋ねた。

「どこで聞いた？」

「ストーカーの相談を受けたことがあります。元夫がしつこく連絡を取ってくるって……。待ち伏せされたこともあったそうです」

須田は真島係長に言った。

「これって、まずいやつですよね」

「そうかな……。地域課は何も言って来ないぞ」

「いや……」

荒川が言った。「須田の言うとおりです。出動事案だと思います」

真島係長がうなずいた。

「わかった。須田と荒川さん、行ってくれ」

須田が「はい」と返事をすると、兼田が言った。

「私も行きます」

「あ、俺も行く」

そう言ったのは、警備課の島崎久志《しまざきひさし》巡査部長だった。「被疑者を制圧することになったら、任せてください」

真島係長が言った。

「四人で行ってくれ」


須田たちは、当直のための覆面車に乗り込んだ。警備課の島崎がハンドルを握っている。助手席は荒川だ。

後部座席に須田と兼田だ。

助手席の荒川が言った。

「その後、地域課から連絡がないのが気になるね」

兼田が言った。

「部屋に鍵《かぎ》がかかっていると言ってましたから、手間取っているのかもしれません」

運転中の島崎が言う。

「これ、人質立てこもり事案になりかねないですよね」

荒川がこたえる。

「そうなったら、私らの手には負えない」

「そうですね。本部のＳＩＴとかＳＡＴとかの出番ですよね」

島崎はどこか楽しそうだった。

荒川が尋ねる。

「そういう事案の経験はあるのかね？」

「ないですよ。俺たちの仕事って、警備拠点に立ってるだけのことが多いですから……」

「立てこもり事案は、面倒だよ。解決までに時間がかかるし、人質がいると気が休まる暇がない」

「でも、わくわくしますよね」

すると、兼田が言った。

「不謹慎ですよ。人質は生きた心地がしないはずです」

「あー、わくわくすると言ったのは取り消す。つまり、俺が言いたいのはさ、やり甲斐《がい》のある事案だってことだ」

荒川が言った。

「現場はここだな。地域課の自転車がある」

問題の部屋はマンションの三階だった。荒川が「現着」を車の無線で告げると、地域課の制服を着た若い巡査が玄関にやってきて、中からオートロックのスライドドアを開けてくれた。

荒川がその巡査に尋ねた。

「どんな様子だ？」

「我々は廊下におりまして、ドアの外から中の人々に話しかけております」

「ところで、あんたらはどうやって入ったの？」

「あ、部屋の人が玄関を開けてくれました」

「え……？　入れてくれたわけ？」

兼田が尋ねた。

「中にいるのは中江由紀さんね？」

「そうです」

「その他に男性がいるということね？」

「はい。中江由紀と男性の二人がいることが確認されております」

「中江由紀さんはストーカー被害で署に相談に来たことがあるけど、男というのはそのときの相手かしら」

「それは確認できておりません」

荒川が言った。

「部屋の向こう側はベランダだね？」

「そうです」

それを受けて島崎が言った。

「ベランダから逃走する恐れがあるので、外に回りましょうか？」

すると荒川が目を丸くした。

「三階だよ。ベランダから飛び降りるとでも言うのか?」

須田は言った。

「習志野《ならしの》の空挺《くうてい》部隊なら平気で飛び降りるらしいですよ」

荒川がかぶりを振った。

「おそらく部屋にいる二人は空挺部隊員じゃない。とにかく行ってみよう」

四人は、地域課の巡査のあとについて三階へ向かった。


部屋のドアの前に、三十代半ばの地域課の制服を着た係員がいた。階級章は巡査部長だ。

荒川が尋ねた。

「返事はあるのか?」

「はい」

巡査部長がこたえた。「男のほうが主に話をしています」

「どんな様子だ?」

「腹を立てていますね。なんで警察が来るんだと言っています。ドアを開けようとしません」

「刃物など危険なものは持っているのか?」

「確認できておりません」

「中江由紀は無事なのか?」

「はい。二度ほど言葉を交わしました」

荒川が須田を見て言った。

「さて、どうする……」

2

そのとき、ドアの向こうから男の声が聞こえた。

「おい、警官。まだいるのか?」

地域課の巡査部長がこたえた。

「中江由紀さんを解放するまで、ここを動くわけにいかない。ドアを開けなさい」

「解放って何だよ。あんた、何言ってるんだ」

「とにかく、話をしよう」

「警察に話なんかない。放《ほう》っておいてくれ」

「放っておくわけにはいかない。人質を解放しなさい」

「あ……」

須田は地域課巡査部長に言った。「人質はまずいよ。まだ、立てこもり事件と決まったわけじゃないんだ」

巡査部長は声を落として言った。

「でもさ、女性と部屋に閉じこもったきりなんだ。これ、事実上の人質立てこもり事件だろう」

「まだはっきりわからないよ」

荒川が須田に言った。

「また、さっきみたいに話をしてみるかい？」

競輪男の話だ。

「いや、でも……。うまくいくかな……」

「とにかく、話しかけてみたらどうだ？」

「ストーカーかもしれないって、兼田が言ってたよね」

兼田がこたえた。

「ええ。中江由紀さんが相談に来たわ」

「話を聞いて、もし、男女間の問題になったら……」

須田は言った。「俺、そういうのすごく苦手ですから……」

荒川が言った。

「苦手とか得意とか言ってるときじゃないだろう」

地域課巡査部長が言った。

「ぐずぐずしていると、人質が危険です。犯人がいつ激高するかわからないし……」

「だからさ」

須田が言った。「その人質とか犯人とかいうのやめようよ」

「署に連絡するよ」

巡査部長がさらに言う。「これで、人質に万が一のことがあったら、俺の責任になっちまうからね」

須田は言った。

「あんたの責任になんてしないよ。こうして俺たちがやってきたんだし……」

「でもね、何か起きてからじゃ遅いから、署に連絡して、今後の対応について指示を仰ぐ」

そのとき、兼田が言った。

「私が話をします」

巡査部長、須田、荒川、島崎の四人が同時に「えっ」と言って兼田の顔を見た。

「中江由紀さんから相談を受けていますし、こういう場合、女性のほうがいいんじゃないですか?」

荒川が地域課巡査部長に言った。

「どう思う?」

「どうって……。とにかく、このままじゃどうしようもないじゃないですか。何かしてもらわないと……」

兼田はうなずいてドアに近づいた。

ノックしてから、彼女は言った。

「すいません。警視庁東京湾臨海署の兼田といいます。聞こえてますか?」

しばらくして男の声が返ってくる。

「ああ、聞こえている。何の用だ?」

「私、中江由紀さんとお話をしたことがあるんです。もしかしたら、中江さんは私のことを覚えているかもしれません」

しばらく間があった。また、男の声がした。

「だから何だと言うんだ」

「お話をさせてください。ここを開けてもらえませんか?」

またしばらく無言の間。

兼田がさらに言った。

「中江由紀さん。聞こえますか?　臨海署の兼田です。覚えてますか?」

女性の声が返ってきた。

「ちょっと待ってね。今、ドアを開けるから……」

それから、しばらく中で言い争う声が聞こえてきた。

地域課巡査部長が荒川にそっと言った。

「危険じゃないですか?　踏み込んだらどうです?」

「令状もないのに踏み込めないよ」

「そこは緊急事態ということで……」

「まだ緊急事態とは言えないよ」

言い争う声が止《や》むと、解錠する音が聞こえ、ドアが細く開いた。ドアチェーンがまだついたままだ。

その隙間《すきま》に、四十代と思《おぼ》しき女性の顔がのぞいた。化粧はしていない。部屋着のままだった。

兼田が言った。

「中江さん。だいじょうぶですか？」

「だいじょうぶって……。これはいったい、何の騒ぎなの？」

「監禁されていたんじゃないんですか？」

「監禁……？　ええと……。どうかな。たぶん、されてないけど」

「中に男性がいますね？」

「ああ。元ダンナ」

「先日、ストーカーについて、署に相談に来られましたね？」

「行った」

「元だんなさんのストーカー行為についての相談でしたね」

「そうだった」

「じゃあ、その件でのトラブルと考えていいですね？」

「トラブルって……」

中江由紀は戸惑った様子だった。

背後で声がした。

「何ごちゃごちゃ言ってるんだよ」

中江由紀が振り向いて言う。

「あんた、ちょっと黙っていて。話がややっこしくなるから」

須田は荒川と顔を見合わせていた。

須田は小声で言った。

「こういうときは、年の功じゃないですか」

「そうだな。兼田だけに押しつけるわけにはいかないな」

荒川が兼田の後ろから中江由紀に話しかける。

「どうも、臨海署の荒川です。元ご主人と何か揉《も》め事《ごと》ですか?」

中江由紀は荒川を見て、ドアを閉ざした。

兼田と荒川は、はっと顔を見合わせた。

「私が出しゃばったのは失敗だったかな」

荒川がそう言ったとき、がちゃがちゃという金属音がして、再びドアが大きく開いた。どうやら、ドアを閉めたのはチェーンを外すためだったようだ。

中江由紀が言った。

「……つうかさ。どうして、こんなに警察官が集まっているわけ?」

荒川がこたえた。

「通報がありまして……」

「通報……?」

「はい。争っている男女の声が聞こえると……」

「あー。たしかに言い合いしてたけど……。私も元ダンナも声が大きいのよね」

兼田が尋ねた。

「ストーカー行為じゃないんですか？」

「まあ、ストーカーっちゃあストーカーなんだけど……」

「被害を訴えてくれれば、対処しますけど」

「対処って……？」

「接近禁止命令とか……」

中江由紀が振り向いて言う。

するとし、顎鬚《あごひげ》の男が姿を見せた。

「……だってよ」

「勘弁してくれよ……」

「あのお……」

須田は言った。「他の部屋の住人の方が、不審そうにこちらの様子をうかがっていますが……」

すると、中江由紀が言った。

「どうせ、その野次馬の中の誰《だれ》かが通報したんでしょう。そんなところに警察官がいたんじゃ注目の的よ。とにかく、中に入って」

須田は地域課の巡査部長と巡査に言った。

「あんたたちはもういいよ。あとは引き受けるから……」

巡査部長がぽかんとした顔で言った。

「ＰＳに連絡入れなきゃ」

「当直が対応していると言っといてよ」

「本当に、いいんだね？」

「だいじょうぶ」

二人の地域課係員は、そそくさとその場を去っていった。面倒事から解放されてほっとした様子だった。

須田が室内に入り、玄関のドアを閉めると、荒川が言った。

「さて、話を訊かせてもらいましょうか」

「話ったってねえ……」

中江由紀が腕組みをして鬚の男を見た。

警備課の島崎はその男に、今にも飛びかかりそうな顔をしていた。男が抵抗をしたときに制圧するのは自分の役割だと固く心に決めているのだ。

「あの……」

兼田が鬚の男に言った。「お名前を聞かせていただけますか？」

「え……」

男は渋った。「名前聞いてどうすんの？　なんか、警察に名前を知られるの、嫌だなあ」

「名前を言ってくれないと、もっと面倒なことになりますよ」

お、兼田も言うなあ……。須田は感心していた。

「沢木《さわき》達夫《たつお》」

男はふてくされたように言った。

「年齢は？」

「四十六歳」

「それで……」

兼田は中江由紀と沢木達夫を交互に見て言った。「どういう経緯でお二人はここにいらっしゃるのですか？　中江さんが警察で相談されたストーカーって、沢木さんのことなんですよね」

「ああ、そうなんだけど。それはもういいの」

「いいって……？」

「和解したんで」

「え？　そうなんですか？」

「離婚した直後、連絡取ってくるんで、なんでだよって思って、ムカついてた。うっとうしいんで、警察に行ったんだ」

「実害はなかったんですか？　待ち伏せされたそうですが……」

「しょっちゅうラインが来てたわね。でもそのうち連絡が来なくなって……」

すると、沢木が言った。

「まあ、ちょっと頭冷やしたってとこかな……」

兼田が中江由紀に尋ねた。

「しばらく連絡が来なくて、あなたのほうも冷静になったということですか？」

「……つうか、なんかどうでもよくなって……」

トラブルを抱えた夫婦は、離婚するまでが一番きついのだと、須田は聞いたことがある。男女間のことにほとんど興味がない須田は、そんなものかなと思っていたが、中江由紀と沢木の話を聞くと、実際にそうなのだということがわかった。

別れてしばらく経《た》つと、最もきつかった頃《ころ》のことは過去の出来事になってしまうのだろう。

兼田が質問した。

「たまに、こうして沢木さんが訪ねてくることがあったんですか？」

中江由紀がこたえた。

「いや、そんなにしょっちゅうはないけど……。お互いに暇してるときとか……」

「でも、何かトラブルがあったんですよね？」

「トラブルっつうか……」

中江由紀が決まり悪そうに沢木を見た。

沢木が言った。

「俺たち、ネットで映画観《み》たりするのが趣味でさ……。今日も、何か観ようってことになって
……」

「え……？」

兼田は眉《まゆ》をひそめた。話がどこに行くのかわからないのだ。

須田と荒川も顔を見合わせていた。

沢木の話が続いた。

「お互い、貴重な時間だから、慎重に映画を選ばなきゃならない。それでね、俺はDCを主張したんだけど、由紀はマーベルじゃなきゃ嫌だと言い張って……」

「DCとマーベル」

須田は反応した。ようやく興味を引かれる話になった。彼らが言っているのは、「DCコミックス」と「マーベル・コミック」のことだ。

どちらもコミックを原作とした映画が人気だ。簡単に言うと、バットマンやスーパーマンがDC、スパイダーマンやアイアンマンがマーベルだ。

中江由紀が言った。

「DCって地味じゃん。ヒーローの日常とか悩みとか……。バットマンなんて暗いし……」

沢木が目を丸くした。

「何言ってるんだ。マーベルなんて荒唐無稽《こうとうむけい》で子供だましじゃないか。DCのほうがずっとちゃんとした映画になってるんだよ」

「あー……」

須田は言った。「たしかに、DCの映画はストーリーが骨太のイメージがありますね」

「ばか言ってんじゃないわよ」

中江由紀が言う。「マーベルのほうが、世界観が大きいのよ。バットマンなんて、ゴッサムシティーの中の出来事じゃない。マーベルは、とにかくスケールがでっかいのよ」

須田はそれを受けて言った。

「あ、全宇宙の生命体の数を半分にしたり、マルチバース（多元宇宙）が舞台だったり、たしかにスケールは大きいですね」

「ふん。スパイダーマンなんて、学園ものじゃないか」

「アベンジャーズをちゃんと全部観てから言ってよ」

「そっちこそ、ジャスティス・リーグ、ちゃんと観ろよ」

須田は言う。

「あー、世の中DC派とマーベル派に分かれますからねえ……」

「おい、須田」

荒川があきれた顔で言った。「話はまだ続きそうなのか？」

「あ、ええと……」

須田は、中江由紀と沢木を見て言った。「どうなんでしょう……」

荒川がさらに言う。

「話が続くとしても、警察がどうこうできる問題じゃないよな」

須田は慌てて言った。

「ええ、そうですね。法に触れるようなことはなさそうです」

「じゃあ、隊長に連絡して、引きあげよう」

荒川は無線ではなく、携帯電話を取り出した。

須田は中江由紀に言った。

「あの……、余計なことかもしれないけど……」

中江由紀が言った。

「なあに?」

「マーベル支持の方に言うのもナンですが、DCの『アクアマン』は名作です。まだご覧になっていなかったら、ぜひ……」

「おい」

荒川が言った。「須田、行くぞ」

「あ、はい」


署に戻ると、真島係長が言った。

「ごくろうだったな。荒川さんの話だと、元夫婦はけっこう仲がよさそうだったようだな」

「申し訳ありません」

兼田が言った。「私が余計なことを言いました」

真島係長はかぶりを振った。

「余計なことじゃないさ。女性がストーカーの相談に来たことは間違いないんだろう？　そういう場合、すぐに出動して正解だ」

「そうだよ」

島崎が言った。「今回はたまたま何もなかったけど、傷害や人質事件、殺人に発展することだってあるんだ」

荒川が言った。

「島崎の言うとおりだ。警察官に無駄足なんてないんだよ」

島崎が付け加えるように言った。

「まあ、今回は俺の出番はなかったけどな……」

当直の係員たちは、それぞれの席に戻った。夜が明けるまではまだ時間がある。当直は続く。

3

「男女の争う声で、当直員が出動したんですか？」

当直明けの朝、安積係長と荒川が話をしているのを、須田はあくびをかみ殺しながら聞いていた。

「ええ、そうなんですよ。女性がストーカー被害について生安課に相談していたということがわかりまして……」

「須田を含めて三人で映画論争です。まったく須田って、不思議なやつですね」

安積係長が須田に言った。

「ストーカー事案は重要だ。過去に殺人に至ったことが何度もある。俺たちにも呼び出しをかけるべきだったんじゃないか?」

「すいません」

須田は言った。「危険な兆候があれば、すぐに連絡するつもりでした。でも、できるだけ、呼び出しはかけたくないんですよね。警察官だって休息は必要じゃないですか」

「まあ、おかげで昨夜はぐっすり眠れたが……」

「それはよかったです」

須田は言った。「そのための当直ですから」

「……で、結果は?」

略奪

1

午後八時過ぎ、無線が流れた。外国人同士が揉《も》めているという通報があったらしい。

安積が率いる強行犯第一係の係員たちは、まだ全員残っていた。

村雨が言った。

「少人数のいざこざなら、地域課が対処してくれますね」

すると水野が言った。

「わからないわよ。言葉の問題もあるし、手に負えないとなれば、私たちにもお呼びがかかるかもしれない」

「俺《おれ》たちを呼んだところで、通訳ができるわけじゃない」

「まず制圧しなけりゃ。それには人手がいるでしょう」

水野が言ったとおり、課長から出動するように言われたが、お呼びがかかったのは安積たちだけではなかった。相楽係長率いる強行犯第二係も出動するように言われた。

現場までは徒歩で行ける。

玄関を出ると、相楽が安積に言った。

「強行犯第一と第二がいっぺんに呼び出されるなんて、どれほどの大事なんでしょうね」

たしかに、相楽班といっしょに呼び出されることは稀《まれ》だ。もともと手分けをして事案に対処するために、第一係と第二係を作ったのだ。

現場に到着すると、安積と相楽は思わず立ち尽くした。

歩道で外国人たちが罵声《ばせい》を上げながら揉み合っている。肌が浅黒い。おそらく中東系の人々だ。

「あ……」

そばにいた須田が声を洩《も》らした。「あれ、ククリナイフだ……」

安積は思わず聞き返した。

「ククリナイフ?」

「はい。もともとネパールのグルカ兵が使っていたナイフで、殺傷力がきわめて高いです」

見ると、「く」の字型をした刃渡りの長いナイフを手にしている者がいる。

須田の蘊蓄《うんちく》を聞いている場合ではない。

安積は、黒木に命じた。

「あのナイフを持っているやつを制圧するぞ」

「了解」

黒木はそれだけ言うと、特殊警棒を手に揉み合っている集団に向かっていった。いつも控え目なので周囲の者にもあまり知られていないが、実は黒木は剣道五段の腕前だ。

「黒木だけに任せてはおけない」

相楽が鼓舞するように、自分の部下に言った。「制圧するぞ」

制服を着ている地域課係員に加えて、私服の強行犯第一・第二係の捜査員が制圧に当たった。

ククリナイフは恐ろしいが、警察官はそんなことは言っていられない。

外国人たちは、応援の警察官の到着に気づいたようで、散り散りになった。黒木をはじめとする三人がかりで、ククリナイフを持っている男を制圧した。

そのとき「救急車」という声が聞こえた。そちらを見ると、外国人の一人が血を流して倒れている。ナイフでやられたようだ。

制服姿の地域係員が止血を試みている。

相楽が言った。

「傷害罪の現行犯逮捕でいいですね?」

「ああ。身柄を署に運ぼう」

しばらくすると、救急車のサイレンが聞こえてきた。ナイフで怪我《けが》をした男は搬送され、ナイフを持っていた男は、救急車とほぼ同時に駆けつけた捜査車両に乗せられて、署に運ばれた。

騒ぎが収まり、係員たちが安積のもとに集まった。安積は黒木に言った。

「ご苦労だった。怪我はないか?」

「はい」

「確保したのは、一人だけだな?」

それにこたえたのは、村雨だった。

「逃げ足が速いですね。あとのやつらは、あっという間に消えてしまいました」

すると、相楽が言った。

「凶器を持っていたやつを確保できたんだからいいでしょう。傷害罪は確実です」

村雨が言う。

「被害者の供述がなければ、逃げた連中を暴行罪や傷害罪に問うのは難しいですね」

安積は確認した。

「器物損壊等はないか？」

村雨がこたえた。

「なかったようです」

安積はうなずいた。

「では、引きあげよう」


取り調べは相楽班に任せた。現行犯だったから、すぐに送検するものと思っていたら、相楽が渋い顔で安積の席にやってきて言った。

「いや、参りました。言葉がまったく通じないんで……」

「どこの国の人なんだ？」

「それもわからないんです。完黙ですよ」

「本部に助けを求めるか」

「組対部の国際犯罪対策課ですね」

「そうだな」

「わかりました。課長に相談してきます」

相楽が榊原課長の席に向かった。

「逮捕したとき、刃物を所持していたんでしょう?」

村雨が言った。「刃物に被害者の血が付いていたら問答無用で送検じゃないですか」

「それでも、調書は必要だ。氏名とか住所とかがわからないと……」

国際犯罪対策課から捜査員がやってきたのは、その日の夕刻のことだった。立原《たちはら》という名で、安積より少しだけ年下の警部補だった。

相楽係長が立原に言った。

「国際犯罪対策課って、長ったらしいですね。略さないんですか?」

警察の組織名は略されることが多い。生活安全部は生安、組織犯罪対策部は組対といった具合だ。

立原がこたえた。

「普段、あんまり気にしてないですけどね」

「略すとしたら、国対ですか?」

「コクタイって言ったら、国民体育大会みたいじゃないですか。俺たち、国際犯罪課とか言ってますけどね。組対部の課は、全部『対策課』ですから……。ちなみに、俺の係は国際犯罪課の国際犯罪捜査第八係ということになります」

「それでも長ったらしいな……」

「それで、被疑者は？」

「取調室です。会ってみますか？」

「そうですね」

安積、相楽、立原の三人は、取調室に移動した。そもそも取調室は、被疑者と取調官が一対一で対話することを想定しているので、捜査員が三人も入っていくと、とても狭く感じる。

記録席にいる強行犯第二の係員も窮屈そうにしている。

「英語は話せますか？」

立原が被疑者に英語で尋ねた。被疑者はこたえない。猜疑心《さいぎしん》に満ちた眼《め》で見返すだけだ。

立原はかまわず、英語で続けた。

「あなたは、どこの国から来ましたか？」

やはりこたえない。

「イラン、イラク、アフガニスタン、スリランカ、シリア、トルコ……。どこですか？」

国名を挙げながら、立原は相手の反応を観察している。

「このままでは、通訳を呼ぶこともできません。こたえてください」

それでも被疑者はこたえない。

立原は席を立ち、取調室を出た。安積と相楽はその後を追った。廊下に出ると、立原が言った。

「出身地の見当が付きました。国名を羅列したとき、反応がありましたから」

それから彼は、中東のある国名を言った。

安積は尋ねた。

「通訳は手配できますか?」

「はい。何とかなります」

相楽が言った。

「じゃあ、引き続き取り調べは我々強行犯第二係が引き受けます。凶器のナイフを持っているところを現行犯逮捕ですから、言い逃れはできないでしょう」

「顔写真をいただければ、俺のほうで、念のために入管関係を当たっておきます」

安積は言った。

「お願いします」


通訳がやってきたのは、翌日の昼過ぎだ。相楽が取り調べを行い、立原が同席している。ようやく被疑者の名前を聞き出し、調書が取れたのは、その日の夕方のことだった。

午後八時頃《ごろ》、送検の手続きを終えた相楽が立原とともに課長に報告に行くというので、安積も二人についていった。

報告を聞くと、榊原課長は言った。

「ご苦労だった。ところで、通訳の費用はうちで持つのか?」

立原がこたえた。

「そういうことになります」

「外国人絡みの事案は、手間と金がかかるな。だがまあ、無事送検できて何よりだ」

立原が言った。

「これで済むといいのですが……」

榊原課長が眉《まゆ》をひそめた。

「どういうことだ？」

「被害者は、まだ病院にいますよね。仲間が大怪我をさせられて、黙っている連中じゃないと思います。何かされたら必ず報復するお国柄ですからね」

「同胞だろう」

「同じ国でも部族が違うとか、宗派が違うとか、いろいろ複雑なんです」

「グループ同士の対立と聞いたが……」

「そうです」

「つまり、その二つのグループが今後も衝突する恐れがあるということだな？」

「はい」

榊原課長が渋い顔で相楽と安積に言った。

「そういうことのないように、取り締まりを強化しろ」

すると相楽が言った。

「それは、強行犯係の手に余りますね」

「何だって」

安積は言った。

「相楽係長の言うとおりです。強行犯係だけで対処できる問題ではありません。全署で対応しないと……」

「……となれば、署長に相談するしかないな」

課長は警電で警務課にかけた。署長への面会を申し入れると、受話器を置き、安積たちに言った。

「いっしょに来い」

立原が尋ねた。

「私もですか?」

「君が言い出しっぺだ」


「何だ……。ただの傷害事件じゃ終わらないということか」

課長から説明を聞いた野村署長は、わずかに身を乗り出し、そう聞き返した。署長はいつもやる気まんまんだ。事件のたびに目を輝かせる。

榊原課長はそれとは対照的で、何か起きると必ず胃でも痛んでいるような顔になる。実際に痛んでいるのかもしれない。

「再びグループ同士が衝突する恐れがあるということです」

「しかも……」

立原が言った。「こういうことは、必ずエスカレートします。前回より騒ぎの規模は大きくなると思います」

それを受けて、安積は言った。

「地域課や捜査員だけでは対処できないかもしれません。機動隊が必要ではないでしょうか」

「機動隊か……」

野村署長はどこかうれしそうだった。「しかし、知ってのとおり、俺が機動隊を呼べるわけじゃない」

機動隊投入等の警備事案は、方面本部長の専権事項だ。

榊原課長が言った。

「どのくらいの騒ぎになるか、想像もつきません」

「想像はつきますよ」

立原が言った。「二、三十人ほどのグループ同士が衝突するんです。ちょっとした暴動ですね」

「わかった」

野村署長がきっぱりと言った。「方面本部と相談をして、そういうことがあればすみやかに機動隊を投入できるようにしておく」

榊原課長が言った。

「ただし、未然に防ぐことが第一だ。いいな」

安積、相楽、そして立原は、小会議室に集まり、対応を協議した。

相楽が言った。

「地域課の誰かを呼んだほうがいいんじゃないですか？」

安積は言った。

「地域課には署長から話が行くだろう」

「しかし、たった一人の被疑者にこんなに手間がかかるなんて……」

「それが外国人犯罪の面倒なところだ」

相楽が立原に言った。

「こんな事案を専門に扱っているなんてたいへんですね。俺は国際犯罪課には行きたくないなあ……」

立原が言った。

「わが国は今後、移民や難民を受《う》け容《い》れていく方針のようですがね……」

「どんな国の人でも、一定の割合で犯罪者がいるわけですよね。受け容れる人の数が増えれば、その分犯罪者の数も増えるということです」

「それだけではありません。外国人が増えれば、必ず貧困や差別の問題が起きます。貧困や差別は必ず犯罪を生みます」

相楽はうなずいた。

「行き場のない外国人の若者が、ギャングの仲間になっていくという話を聞いたことがあります」

「さまざまな国籍のギャングは、国際犯罪課でも大きな取り組み課題となっています」

「国は本当に、外国人犯罪のことを考えているのでしょうか」

相楽の問いに立原がこたえた。

「考えているでしょう。でも、ただ考えるだけです。ほぼ、我々警察に丸投げです」

「今後警察で、どれくらいの時間と金と労力が、外国人犯罪のために費やされるか、誰《だれ》も本気で考えていないんじゃないですかね……」

安積は言った。

「偉い人が何を考えるべきかを、ここで議論していても始まらない。俺たちは、俺たちにできることをやるしかないんだ」

相楽がうなずいてから、立原に尋ねた。

「今回のように通訳を用意してもらえますね？」

「実は、通訳は慢性的に不足しています。特に今回のように特殊な言語の場合、手配できる通訳は一人か二人に限られます」

「そいつは絶望的ですね……」

「しかしまあ、何とか探してみます」

「お願いします」

安積と相楽は頭を下げた。

その翌日の夜、立原の予測は的中した。前回と同様に午後八時頃、外国人同士のグループが睨《にら》み合っているという無線が流れた。

榊原課長からすぐに指示があった。

「強行犯第一係、第二係、出動してくれ」

第一係六名、第二係六名、計十二名が徒歩で現場に向かった。場所は前回と同じだった。だが、規模が違う。

前回は互いに数人のグループだったが、今度はそれぞれ三十人ほどに増えている。これも、立原が言ったとおりだった。

「うわあ」

須田が言った。「ククリナイフやジャンビーヤナイフを持ったやつがいますね……」

「ククリは前回聞いたが、ジャンビーヤというのは何だ？」

「三日月型をしたアラブのナイフです」

なるほど須田が言うとおり、刀身が湾曲したナイフを持っている者も何人かいる。金属バットを持っている者もいた。

村雨が言った。

「地域課は銃を抜くことになるかもしれないと言っています」

日本の警察が銃を撃つと大事《おおごと》になる。後で山ほど書類を書かなければならないし、使用が適正だったかどうか、何人もの審問を受けることになる。

水野が言った。

「これって、凶器準備集合罪になりますね」

安積は言った。

「検挙したいが、危険だからうかつに近づけない」

地域課がメガホンを使って解散を呼びかけている。だが、従う者はいない。第一、言葉が通じないのではないか。

黒木が前へ出ようとした。

「よせ」

安積は言った。「いくらおまえでも危険だ」

そのとき、両グループの最前列が衝突した。まず、つかみ合いが始まる。相手を突き飛ばそうとする動きも見える。

いきなり殴り合いが始まるわけではない。興奮した人間は、相手につかみかかろうとするのだ。そして、それを振りほどこうとする。そうして次第に殴り合いに変化していく。

武器を振るってはいない。ナイフなどを持つ者は比較的後ろのほうで様子を見ている。相手を刺したり斬《き》りつけたりするのには抵抗があるのだ。

戦争となれば話は別だろうが、同胞同士の揉め事なのだから、おそらく武器の使用は最終手段と考えているのだろう。ナイフや金属バットは威嚇の要素が強いのだ。

集団は歩道から車道にあふれ、さらに近くにあったコンビニに迫った。

「あ……」

村雨が言った。「略奪が始まりました」

日本では滅多に見られないが、海外では暴動の際の略奪はありふれた光景だ。

コンビニに外国人たちが群がった。たちまち商品が奪い去られる。

そのとき、ブルーグリーンに白線の入ったバスがやってきた。機動隊だ。

彼らはバスから降りると、即座に隊列を組んだ。伝令を連れた中隊長が安積たちの元にやってきた。

「制圧してよろしいですね？」

安積はこたえた。

「凶器準備集合罪で検挙してください」

「了解」

伝令からの無線連絡で、機動隊が即座に動き出した。その力は圧倒的だった。

「自分も行きます」

黒木が、今度は止める間もなく飛び出していった。

2

「身柄確保したのは八名……？」

安積と相楽の報告を聞いて、榊原課長があきれたような顔をした。「外国人たちは何人いたんだ？」

安積はこたえた。

「それぞれのグループに三十名ほどおりました」

「つまり、双方合わせて六十人くらいいたわけだな？　それなのに、身柄確保が八名……」

「ナイフや金属バットを所持していた者が十数名おりまして、機動隊をはじめとする警察官は、その者たちの検挙に力を集中しなければなりませんでした」

「そりゃあ、武器を持っているやつを制圧するのが第一だったろうが……。それで、武器を持っていた連中は何人確保した？」

「五人です」

「他のやつらは、その隙《すき》に逃げたということだな？」

それにこたえたのは、相楽だった。

「素手で乱闘をしていたやつらは、クモの子を散らすように四方八方に逃げていきました」

「武器を持っていた五人の扱いは？」

安積はこたえた。

「凶器準備集合罪と銃刀法違反の現行犯ですから、調書が取れたら送検・起訴ということになります」

「合計で八人の身柄を取ったと言ったな？　あとの三人は？」

「暴行か傷害で送検できると思いますが……」

「思いますが？」

「たった一人の送検にもひどく手を焼きました。八人となると、どれくらい時間がかかることやら……」

「それに……」

相楽が言った。「コンビニで略奪行為をしていたやつらは、ほとんど捕まっていません。この連中が一番逃げ足が速かったんです。機動隊が到着したとたん、彼らは逃げ出しました。こいつらは強盗ですからね。絶対に捕まえないと……」

「つまり……」

課長は言った。「身柄を取った八人の取り調べに加えて、コンビニで略奪をしたやつらの捜査をしなければならないということだな？」

「そうです」

相楽はさらに言った。「傷害や暴行の被害者は外国人ですが、略奪の被害者は日本人ですし……」

榊原課長はうなずいた。

「じゃあ、手間や時間がかかるなどと泣き言を言ってないで、捜査を始めろ。相楽が言ったとおり、略奪は強盗だ。許すわけにはいかない」

相楽が「はい」とこたえたが、安積は無言だった。実際問題として、八人の外国人を取り調べ、さらにコンビニで略奪行為をはたらいた外国人たちを捜しだして確保しなければならない。

これは強行犯係のキャパシティーを超えている。そう思っていたのだ。

「国際犯罪対策課の助けを借りたいんですが……」

安積がそう言うと、榊原課長がこたえた。

「ああ、通訳も必要だしな。いいだろう。連絡しておく」

安積と相楽は礼をして課長席を離れた。


安積が席に戻ると、相楽がやってきて言った。

「打ち合わせが必要でしょう」

「そうだな。国際犯罪課から人が来たら話をしよう」

国際犯罪対策課からは再び、立原が来ることになった。彼が到着したのは、午前十一時頃のことだった。

相楽が小会議室を押さえたので、安積、立原、相楽の三人で打ち合わせをすることにした。

「通訳は手配しました」

立原が言った。「前回と同じ通訳です。彼が到着し次第、取り調べを始めましょう」

安積は言った。

「コンビニの略奪犯を捕まえろという、課長のお達しだ」

「取り調べで、略奪を行った者について何か知らないか尋ねてみましょう」

「同胞を売るようなことをするだろうか」

すると、相楽が言った。

「何が何でも吐かせてください。日本のコンビニが外国人に強盗されたんです」

「わかった。じゃあ、俺が取り調べ担当で、安積班と相楽班が、略奪犯のほうを追うということでいいですか？」

安積はこたえた。

「前回、たった一人の被疑者にあれだけ手間がかかったんです。一人で八人もの取り調べは無理でしょう。うちの班から何人か手伝わせます」

「それはありがたいですね」

安積は相楽に言った。

「略奪犯の捜査をする者が減ることになるが、それでいいな？」

「問題ないです」

安積は三人の巡査部長、つまり村雨、須田、水野を取り調べに回すことにした。

「前回の傷害の被疑者の雇い主がわかっています」

立原が言う。「今回検挙されたやつらや、コンビニ略奪犯について、何か知っているかもしれない。話を聞いてみますか?」

　安積はこたえた。

「ここに呼ぼう」

　協力要請に応じてやってきたのは、解体業者の宮城護《みやぎまもる》だった。五十六歳の経営者だ。

　安積は、身柄を取られた八人の外国人の顔写真を見せて、知っている者はいないかと尋ねた。

　宮城は、一人の若者の写真を指さして言った。

「こいつをうちで雇っています」

　安積は名前と年齢を尋ねた。宮城がこたえると、それをメモした立原が小会議室を出ていった。その若者を取調室に呼んで、調書を取るためだ。

　安積は尋ねた。

「他に知っている人は?」

　宮城はかぶりを振った。

「いや、いませんね」

　安積の隣にいる相楽が言った。

「こいつらの仲間が、騒ぎに乗じてコンビニで略奪したんです。我々は強盗事件として彼らの行方を追っています。何かご存じではありませんか?」

　宮城はまた首を横に振った。

「知りませんね」

「すでにおたくの従業員が傷害で送検されているんです。起訴は確実ですよ。だから、隠すとためになりませんよ」

宮城はむっとした顔で言った。

「やつらのやったことなんて、俺には関係ありませんよ」

「でも、あなた雇い主でしょう?」

「誰も言葉の通じないようなやつを雇いたくはありませんよ」

「でも、少なくとも二人、雇っていますよね。それはなぜです? 人件費を安く抑えられるからですか?」

「働き手がいないからですよ。日本人の若いやつらは、解体業なんてやりたがらないですからね。連中がなりたいのは、ユーチューバーとかミュージシャンとかでしょう。だから、外国人を雇うしかないんですよ。言葉は通じないけど、彼らはちゃんと働いてくれますからね」

「働き手がいない……」

相楽が聞き返すと、宮城は言った。

「そうですよ。解体業みたいな、きつくて見栄えのあまりしない仕事は働き手を見つけるのに一苦労なんだ。解体業だけじゃない。土木作業とか農業だってそうでしょう。外国人がいないと働き手が見つからないんです。日本はもうそういう国になっているんです」

相楽は言葉を失っている様子だった。

安積は言った。

「事情はわかりました。我々はコンビニで強盗を行った犯人を捕まえたいのです。もしかして、あなたが何かご存じないかと思ってうかがっただけです。何もご存じないということであれば、お引き取りいただいてけっこうです」

「お役には立てませんね」

宮城はそう言うと、部屋を出ていった。

「外国人しか働き手がいないだって……」

相楽が言った。「政府が移民や難民を将来的に受け容れる方針だって、立原が言ってましたよね。それって、裏にそういう事情があるんじゃないですかね」

「たしかに、今の若い層はきつい仕事やかっこ悪い仕事はやりたがらないらしいな」

「今に、警察官や自衛官も外国人しかなり手がなくなるんじゃないですかね」

「政府はそれほど間抜けじゃないと信じたい」

そこに立原が戻ってきて言った。

「名前がわかったことは大きかったです。調書が取れて、そいつは送検できそうです。名前を知られるとプレッシャーを感じるんですね。そいつから芋づる式に何人かの名前を聞き出せました。安積班の部長たちが取り調べを進めてくれています」

安積は、解体業者の宮城から聞いた話を立原に伝えた。

「そうですか。強盗についてはは手がかりなしですか」

相楽が言った。

「さて、これからどうします？」

安積はこたえた。

「やることは普通の強盗事件と同じだ。被害者への聞き込み、鑑識の報告、目撃情報の収集……」

「もちろん、そういうことは係員たちがやっていますよ。ただ、成果は上がっていません」

「あせることはない。捜査の結果は必ず出る」

「国籍を問わず外国人に片っ端から職質をかけましょう。怪しいやつは、引っぱって叩《たた》く。必ず何かわかるはずです」

立原が言った。

「それも一つの手ですね。日本の警察はなめられていますから、少し強気でやったほうがいい」

安積は聞き返した。

「なめられている？」

「そうですよ。我々は銃を撃たないと思われています。だから、強盗団などの犯罪集団が横行することになります」

「じゃあ、外国人職質作戦、決行していいですね？」

相楽が安積に尋ねると、立原が付け加えるように言った。

「ただし、気をつけたほうがいいですよ。日本人と違って、相手が警察官でも平気で刃物で刺すようなやつらもいますからね。日本人の常識が通用しない連中も少なくありません」

「何かしようとしたら、その場で現行犯逮捕ができますから、ラッキーですよ」

相楽はあくまでも強気だ。

「だがな……」

安積は言った。「そうした強硬手段が裏目に出ることもある」

「裏目も何も、被疑者を見つけるためですよ」

「外国人だというだけで職質を受けたら、差別されていると感じる者もいるだろう。そういう人が増えれば、警察に対する反感が募り、ひいては日本の国に対する反発となっていく」

「そんな大げさな話ですか」

「俺は決して大げさではないと思う。差別と貧困が犯罪を生むと立原さんは言ったが、つまりは警察がそれを助長することになる」

「たしかに外国人の取り締まりは難しいですね」

立原が言った。「日本の習慣や法律に馴染《なじ》みのない人々がつい違法行為をやってしまうことがあります。それに対して警察官が過剰に反応してしまうこともある。すると、事情がよくわからない外国人が感情的になってしまうんです」

安積は言った。

「そうした負の連鎖は、社会を不安定にします」

「しかしですね」

相楽が言った。「国の方針で、今後も国内の外国人は増えていくんでしょう？　悠長なことは言っていられませんよ」

だからこそ、より社会の安定ということを考えなければならない。安積はそう思ったが、その方策がわからない。

安積が黙っていると、相楽がさらに言った。

「今回のコンビニの強盗については、警察の断固とした姿勢を見せなければなりません。立原さんも、日本の警察はなめられていると言っていたじゃないですか。怪しい外国人はどんどん任意で引っぱってくる。それでいいですね？」

安積がどう反論しようか考えていると、ドアをノックする音が聞こえた。安積が返事をすると、ドアが開き、制服を着た係員が顔を出して言った。

「あの……。受付に、外国人が来ておりまして……」

相楽が聞き返した。

「外国人？　何の用だ？　身柄拘束されている八人の身内か何かか？」

「それが……。コンビニで略奪をした者たちを連れてきたと言っているようなんです」

安積は言った。

「略奪した者たちを……。いったい、誰が……」

すると、立原が言った。

「グループの指導的役割の人物でしょう」

「話を聞きましょう」

安積は制服の係員に言った。「ここに案内してくれ。それと、取調室に通訳がいるはずだから、来るように言ってくれ」

「はい」

その係員は姿を消すと、約五分後に外国人の集団を伴って戻ってきた。それからややあって通訳が到着する。

外国人の集団を率いている六十代と思《おぼ》しき人物に向かって、安積は言った。

「コンビニで略奪をした者たちを連れてきたということですが、間違いありませんか？」

通訳がその言葉を伝えた。

その男は母国語で何か言った。それを通訳が日本語に訳した。

「間違いありません。ここにいる五人は騒ぎに乗じて、略奪行為をしました。逮捕してください」

「五人は自首するということですね？」

通訳がそれを伝えると、その男はうなずいた。

「そうです」

「失礼ですが、あなたは……？」

通訳を介しての会話が続いた。男は名乗ってから、同胞たちの相談に乗っている者だと言った。

おそらく、宗教的な指導者なのだろう。

安積は尋ねた。

「どうしてあなたが、彼らをここに連れてくることになったのですか?」

「略奪行為など、我々の神も許しはしません。私は、神とわが国の名誉を守るために、略奪した者を捜しだし、ここに連れてきました」

「それは……」

安積は言葉を探した。「とても誇り高い行いだと思います」

「そう。我々は誇りを重んじます」

「本人たちの口から罪を認めてもらわなければなりません」

「何でも訊《き》いてください。素直にこたえるはずです」

「では、一人ひとり、お話を聞かせていただきます」

男がうなずくと、立原と相楽が手分けして五人の取り調べを始めた。通訳の助けが必要だったが、その作業はすぐに終わった。連れて来られた五人が指導者の言葉どおり、質問に素直にこたえたからだ。

安積は通訳を呼んで、指導者の男に言った。

「武器を持っていた者や、乱闘に加わった者たちの取り調べが続いています。彼らにもちゃんと質問にこたえるように言ってもらえませんか」

指導者は通訳を介して言った。

「皆に話をしましょう」

安積は頭を下げた。

「ありがとうございます」

「あなたは、我々の誇りを大切にしてくれました。だから協力します。しかし……」

「しかし？」

「もし、誇りと名誉を傷つけられたら、我々は全力で戦います。それを覚えておいてください」

「覚えておきましょう」

指導者の影響力は絶大で、それからほどなく現場で検挙した八人の調書を取り終えることができた。

自首してきた五人を加えて、計十三人の送検を終えると、立原が言った。

「お疲れ様でした。意外な助け船でしたね」

すると相楽が言った。

「危なかったですね。俺が言ったような強硬手段に出ていたら、彼らは徹底的に抵抗したかもしれません」

「捕まっている八人を取り返すために、署を襲撃したかもしれません」

相楽が顔をしかめた。

「冗談に聞こえませんね」

「冗談じゃないですからね」

相楽は安積に言った。

「結局、安積係長のやり方が正解だったようですね」

安積は言った。

「何が正解なのかなんて、わかりはしないさ。ただ、言葉も文化も違う相手とは手探りで付き合っていくしかない」

「ああ、それ、実感ですね」

立原が言った。「国際犯罪課の仕事はまさにその連続です」

相楽が言った。

「日本は変わっていきますね」

「いや」

安積は言った。「人と人の関《かか》わりなんて、そんなに変わるもんじゃないさ」

「へえ……。安積係長らしい一言ですね」

相楽はそう言って、肩をすくめた。

初出

「目線」 ランティエ（2022年12月号）
「会食」 ランティエ（2023年1月号）
「志望」 ランティエ（2023年2月号）
「過失」 ランティエ（2023年3月号）
「雨水」 ランティエ（2023年4月号）
「成敗」 ランティエ（2023年5月号）
「夏雲」 ランティエ（2023年6月号）
「世代」 ランティエ（2023年7月号）
「当直」 ランティエ（2023年8月号）
「略奪」 ランティエ（2023年9月号）

著者略歴

今野敏（こんの・びん）
1955年、北海道生まれ。
上智大学在学中の1978年に『怪物が街にやってくる』で問題小説新人賞を受賞。卒業後、レコード会社勤務を経て専業作家に。2006年、『隠蔽捜査』で吉川英治文学新人賞、2008年に『果断 隠蔽捜査2』で山本周五郎賞、日本推理作家協会賞を受賞。2017年、「隠蔽捜査」シリーズで吉川英治文庫賞を受賞。2023年に日本ミステリー文学大賞を受賞。著書に「東京湾臨海署安積班」シリーズ、「任俠」シリーズなど多数。

© 2024 Konno Bin　Printed in Japan

Kadokawa Haruki Corporation

今野敏

夏《なつ》空《ぞら》 東京《とうきょう》湾《わん》臨海署《りんかいしょ》安積班《あずみはん》

*

2024年3月18日第一刷発行

発行者 角川春樹
発行所 株式会社 角川春樹事務所
〒102-0074 東京都千代田区九段南2-1-30 イタリア文化会館ビル
電話03-3263-5881（営業） 03-3263-5247（編集）
印刷・製本 中央精版印刷株式会社

本書の無断複製（コピー、スキャン、デジタル化等）並びに無断複製物の譲渡及び配信は、著作権法上での例外を除き禁じられています。また、本書を代行業者等の第三者に依頼して複製する行為は、たとえ個人や家庭内の利用であっても一切認められておりません。
定価はカバーおよび帯に表示してあります。
落丁・乱丁はお取り替えいたします。

ISBN978-4-7584-1460-9 C0093
http://www.kadokawaharuki.co.jp/

今野敏の本

ダブルターゲット
二重標的
東京ベイエリア分署 新装版

今野敏の警察小説はここから始まった!

東京湾臨海署の安積警部補のもとに、殺人事件の通報が入った。若者ばかりが集まるライブハウスで、三十代のホステスが殺されたという。女はなぜ場違いと思える場所にいたのか?　疑問を感じた安積は、事件を追ううちに同時刻に発生した別の事件との接点を発見。繋がりを見せた二つの殺人標的が安積たちを捜査へと駆り立てる——。「安積班」シリーズはこの一冊から始まった。寺脇康文氏と今野敏氏の巻末付録特別対談を収録!

角川春樹事務所

今野敏の本

サーベル警視庁

警察小説の第一人者・今野敏が、初の明治警察に挑む!

明治38年7月。国民が日露戦争の行方を見守るなか、警視庁第一部第一課の電話のベルが鳴った——。殺された帝国大学講師・高島は急進派で日本古来の文化の排斥論者だという。同日、陸軍大佐・本庄も高島と同じく、鋭い刃物で一突きに殺されたとの知らせが……。警視庁第一部第一課は、伯爵の孫で探偵の西小路や、元新選組三番隊組長で警視庁にも在籍していた斎藤一改め藤田五郎とともに捜査を進めていくが——。

(解説・西上心太)

角川春樹事務所